Ensemble
on est plus fortes

Julie Gayet
avec la collaboration de Mathieu Busson

Ensemble on est plus fortes

Stock

Maquette de couverture : Le Petit Atelier
Photographie de couverture : Tim Lud

ISBN 978-2-234-09233-4

« Un événement raconté par une seule personne est son destin. Raconté par plusieurs, il devient l'Histoire. »

Svetlana Alexievitch

J'ai été invitée dans une émission pour parler des combats féministes.

C'était peu de temps avant le Grenelle des violences conjugales. Un peu avant la pandémie et le premier confinement.

La présentatrice, Daphné Bürki, m'a encouragée plusieurs fois à retracer, expliquer, les raisons de mon engagement auprès des femmes. Pas tant dans l'intention d'en savoir plus sur moi que pour convaincre d'autres d'en faire autant.

J'ai eu du mal à trouver une seule et unique réponse.

Une bonne réponse.

Sûrement parce qu'il y en a, en réalité, énormément…

Et parce que les choses n'ont que très peu évolué pour les femmes, je veux me rattraper ici.

Préambule

« Nous souhaitons mettre fin aux inégalités entre les sexes et, pour y parvenir, l'implication de tous est indispensable. J'ignore si je suis qualifiée pour être ici. Tout ce que je sais, c'est que ce problème me tient à cœur et que je souhaite apporter ma contribution pour faire bouger les choses. Dans mes moments de doute, je me suis répété avec fermeté : Si je ne le fais pas, qui le fera ? Et si je ne le fais pas maintenant, alors quand ? »

Emma Watson, extrait du discours
à l'ONU en 2014
pour présenter *HeForShe*

Mon engagement vient pour beaucoup des autres femmes. Influences, rencontres, modèles.

Ma pensée s'est construite à leur contact et en partage avec elles. En circulation.

Pas à pas.

En mai 2018, sur les marches du palais du Festival de Cannes, aux côtés de la présidente, Cate Blanchett, se tiennent 82 femmes. Elles représentent les 82 seules femmes sélectionnées en compétition officielle depuis plus de soixante-dix ans, contre 1 688 hommes. À la tête de ces femmes, Agnès Varda prend la parole et conclut avec ces mots d'une justesse magnifique : « Il est temps que toutes les marches de notre industrie nous soient accessibles. Alors, on monte ! »

Les femmes autour de moi, celles de ma famille, celles que j'ai croisées tout au long de ma route, m'ont permis d'aller plus haut. Grâce à elles, j'ai pu gravir chaque palier, chaque étape qui mène à... la liberté !

Pour ce qui est des raisons, des déclencheurs, en comparant avec les femmes engagées que je côtoie depuis longtemps, je découvre que nous avons des similitudes dans nos trajectoires, des points communs susceptibles de motiver nos choix.

Une sensibilité à l'injustice qui semble innée.

Une propension relativement marquée à ne pas suivre la norme.

Souvent des mères qui ont compté.

La mienne, en me donnant la vie, a failli perdre la sienne.

Elle avait sans doute trop attendu mon père, jeune étudiant en médecine et de garde cette nuit-là. Impatiente, j'ai surgi « tel un boulet de canon les yeux grands ouverts » dans la Fiat 500 qui nous conduisait à l'hôpital.

Ma mère a fait une hémorragie et dès notre arrivée on l'a emmenée aux urgences sur une civière. Mon père s'est retrouvé seul avec moi. Un lien particulier s'est tissé entre nous. Une compréhension mutuelle, même à travers nos silences.

Je n'ai bien évidemment pas de souvenir de ces débuts, mais depuis j'ai toujours peur de perdre ma maman.

Très indépendante, je marchais déjà à neuf mois et on me laissait volontiers jouer seule aux côtés de mon frère, d'un an et demi mon aîné. Curieuse et habitée d'une furieuse envie de goûter à tout, un jour j'ai avalé un boulon de son jeu de Meccano. Mon frère parlait à peine mais, devant son insistance, mon père, plongé dans ses révisions pour le concours de médecine, a levé la tête et lui a demandé : « Qu'est-ce que tu viens de dire ? Répète ! » Hésitant, mon frère a balbutié et m'a pointée du doigt. Mon père m'a alors saisie par les pieds et m'a donné une grande claque dans le dos pour faire sortir le corps étranger.

Sans son intervention, je ne serais pas là.

Longtemps ce petit bout de métal tordu est resté posé sur le bureau de mes parents, témoin de la fragilité de la vie.

J'ai échappé à la mort une deuxième fois. Vers trois ans à peine, j'ai failli plonger dans le vide. Sur les Champs-Élysées, des pompiers faisaient une démonstration et avaient monté une tour pour faire sauter les enfants à l'élastique. J'ai gravi quatre à quatre les échelons pour courir me jeter, moi aussi, dans les airs, sans rien demander à personne, et donc sans harnais.

Mon père blême a vu un pompier me rattraper par la salopette in extremis.

De mon père, j'ai surtout hérité un optimisme à toute épreuve, porté par une énergie infatigable… autant que fatigante pour les autres !

Il semble posséder une foi inébranlable en l'homme. Il ne juge jamais personne et se met au niveau de chacun. Toute sa vie, il s'est attaché à aider ses semblables, à soulager, à changer le rapport à la douleur à l'hôpital. Il s'est battu pour qu'on écoute les malades et qu'on leur fasse confiance.

Très tôt, il s'est appliqué à m'enseigner l'empathie. Un jour, l'air de rien, il me lance : « Il y a ce garçon à l'hôpital que personne ne vient jamais voir. Tu ne voudrais pas, toi, lui rendre une visite ou deux ? »

Ce patient, je ne le connais pas, mais j'y vais. Je lui fais écouter de la musique. Même modestement, je sens que je fais du bien. Et je ressens la solitude. Pire que tout.

Je suis encore une enfant, mais je reviens. Pour lui, pour d'autres. Un jour, je vois passer un brancard avec un vieil homme les yeux fermés, le corps ivoire et froid. C'est la première fois que je suis confrontée à la mort dans sa réalité crue.

À cause de ces différents accidents, à cause de cet apprentissage permis par un père chirurgien, j'ai développé un rapport particulier à la mort, à la vie et au temps. Sachant que la fin est possible à tout moment, je profite et je nuance. Je dédramatise. Et je l'avoue, c'est vrai, je suis en retard le plus souvent !

Non pas comme une volonté délibérée de faire attendre, encore moins de me faire remarquer. Mais avec l'envie de profiter de chaque instant comme si c'était le dernier, quitte à l'étirer un peu (trop).

Rarement à l'heure donc, mais toujours complètement là quand j'y suis.

Cette manière de relativiser en permanence m'a permis de grandir sans m'attacher à la violence que je perçois pendant ma scolarité.

Dans la cour de récréation, les filles n'admettent pas que je préfère les jeux de garçons, et les garçons ne veulent pas jouer avec une fille. Moi, je ne comprends pas pourquoi tous me rejettent. Pourquoi je ne pourrais pas faire de foot ? J'adore ça. À la maison j'ai deux frères, dans ma famille j'ai six cousins, je joue avec eux, et chez moi je ne sens pas de différence entre filles et garçons. Alors pourquoi cette démarcation stricte à l'école ?

Je suis à un âge où on ne connaît pas encore les clichés sexistes. Où ils ne sont qu'une sensation diffuse, pas même une idée. Où ils ne devraient jamais exister. Et je n'appartiens à aucun groupe.

Au CP, la maîtresse nous fait nous lever : « On va faire deux rangées. Ceux qui écrivent de la main droite d'un côté, ceux qui écrivent de la main gauche, de l'autre. » Moi, je suis droitière. Je le sais. Mais en voyant toute la classe aller du même côté, je vais à gauche. Par esprit de contradiction ? Non. Parce que je suis repoussée, poussée en dehors par les autres. Ils me trouvent bizarre, je me sens donc différente.

Depuis, je suis une sorte de « droitière contrariée » ! Un cas rare. J'écris (comme je peux) de la main gauche et dessine (pas si mal) de la main droite. Par la force des choses, ambidextre, finalement.

Au cours des années qui suivent, une femme va changer ma vie.

Après avoir abandonné très vite les cours de piano, à huit ans, je chante. Trois heures par jour, quotidiennement. Le chant lyrique me permet de rencontrer une immense dame, grande professeure, Tosca Marmor. Elle m'insuffle la confiance nécessaire pour m'avouer à moi-même que je suis une interprète, que j'aime ça. Elle me cite cette belle phrase qu'elle attribue à Nietzsche : « La vie n'est qu'une aventure et il faut la vivre comme telle. »

Je découvre, dépassant de sa manche, un numéro tatoué sur son bras. Alors elle me parle de la déportation, d'Auschwitz, de la grande marche dans la neige et le froid.

Elle avait une telle lumière, une telle énergie. Même dans les moments les plus douloureux, elle restait joyeuse, et c'est une chose qu'elle m'a transmise. Ne jamais se plaindre et avancer... avec le sourire.

Adolescente. J'ai une famille aimante, de gauche, à l'esprit progressiste, et malgré tout c'est surtout à moi que ma mère demande de l'aide pour les tâches ménagères. Je ne saisis pas tout de suite l'injustice.

C'est lorsque mon corps va prendre de nouvelles courbes, et que mon petit frère va commencer à s'inquiéter quand je sors en minijupe, que je perçois une différence.

Ce corps, je le découvre à travers le regard des autres. Rarement joli, le regard. Jamais rassurant. Dès qu'on met un pied dans la rue, à cet âge, jeune femme, on se sent devenir une proie possible. On peine à apprivoiser les changements qui se produisent à l'intérieur, à l'extérieur de soi, que déjà la moitié de la population, la partie mâle, a une opinion bien tranchée sur la question.

Dans le métro parisien, je prends sur moi, j'apprends à éviter les mains baladeuses. Je finis, de moi-même, par arrêter de mettre des jupes. S'il m'arrivait de me faire plaquer par un garçon au collège qui veut m'expliquer comment on roule un patin, pour un peu ce serait ma faute. Je comprends que je dois mettre une distance, faire attention.

Et je suis alors plus attentive à relever certaines inégalités. C'est effectivement différent pour mes frères. Eux peuvent sortir sans limite de temps. Moi j'ai la permission de minuit, mon père vient me chercher et c'est mieux si j'évite. Une première étape vers ma prise de conscience féministe.

Un soir, *Le Grand Embouteillage* de Luigi Comencini passe à la télévision. Un choc.

Le film glisse doucement de la comédie italienne vers le symbolisme réaliste le plus noir.

Celui d'une société en déclin, où règnent la loi de la jungle, la folie des hommes. Il se termine par le viol collectif d'une jeune femme, sous les yeux passifs des automobilistes coincés dans ce grand embouteillage. L'horreur absolue.

Heurtée de plein fouet, je découvre ce que peut endurer une femme. Je comprends tout à coup la peur terrible enfouie en moi, jamais énoncée. Je comprends pourquoi je suis aux aguets lorsque je marche dans la rue. Pourquoi mes frères s'inquiètent pour moi. Pourquoi eux peuvent sortir tard le soir et moi non. Je perçois la vulnérabilité de ma condition. L'injustice.

Mais ce film est aussi un déclic. Une envie de cinéma qui se précise. À l'époque je prends déjà des cours de théâtre, et je découvre en plus, ici, la portée folle que le cinéma peut avoir. Cet outil pousse à réagir en témoignant d'atrocités.

Du lycée je n'ai pas gardé grand-chose, si ce n'est une aberration. Malgré un bon niveau en maths, on m'oriente vers une section littéraire dans laquelle, sur trente et un élèves, nous sommes... trente filles. La voie des prépas scientifiques, ô combien plus noble et prestigieuse, est réservée aux garçons.

Plus tard, j'ai lu un article là-dessus, qui relate une expérience proposée à des collégiens. On prend deux classes mixtes et on présente à chacune un problème à résoudre. Le même, exactement, pour les deux classes. Sauf qu'à l'une on explique qu'il s'agit d'un problème scientifique et à l'autre d'un problème littéraire. Dans la classe « scientifique », les garçons réussissent bien mieux que les filles. Dans la classe « littéraire », c'est l'inverse. Simplement parce qu'on les a influencés. On a induit leur comportement, par le biais d'une information hors sujet, et les filles se sont inconsciemment censurées.

Il y a de nombreuses études sur la question des stéréotypes auxquels sont confrontés filles et garçons dès leur plus jeune âge. Comment cela peut conditionner leurs goûts, leurs envies et leurs aspirations.

L'une des plus édifiantes (terrifiantes !), publiée il y a peu aux États-Unis, rapporte que dès l'école primaire, les petites filles pensent que l'intelligence est une caractéristique masculine.

Allez dire ça à mon arrière-grand-mère, « mamie Thé », l'une des trois premières femmes à avoir prononcé le serment d'Hippocrate en France. Elle a été major du concours (devant tous les hommes !). Un exploit, à l'époque. Pourtant, Thérèse Gayet, parce qu'elle était une femme, n'a pas pu exercer la médecine. Vers 1920, il est interdit à une personne du sexe « faible », même diplômée, de voir des hommes nus.

Elle est donc devenue chercheuse et a dirigé son propre laboratoire. Une femme autonome financièrement, et sacrément inspirante. J'essaye d'imaginer tous les préjugés qu'elle a su briser pour oser cela.

Elle fait partie des modèles qui, sans que je le réalise, m'ont influencée. On porte en nous nos racines. Un héritage inconscient qui se transmet.

Mais la vraie référence, c'est ma mère. Elle m'a encouragée à cultiver esprit d'indépendance et anticonformisme. Une façon d'appréhender le monde qui permet de se moquer des étiquettes et autorise à croire qu'on peut changer, tenter, à n'importe quel moment de sa vie.

Elle n'a pas vraiment fait d'études. Elle nous a eus dès vingt et un ans, et a choisi de s'occuper de ses enfants pour que mon père puisse, lui, étudier et devenir chirurgien. Elle ne s'est jamais réclamée d'un féminisme quelconque, mais a tenu à rester libre de ses choix en toute circonstance. Elle a refusé d'accompagner mon père dans les congrès de médecins. « Femme de... », très peu pour elle. Elle si douce, toujours disponible, toujours là, toujours aimante. Elle a su se réinventer.

Elle aime chiner, décorer, fouiner, et un jour elle décide d'ouvrir une boutique d'antiquités à son nom, alors que nous sommes adolescents. Très vite, elle va gagner plus que son mari. « J'ai multiplié par dix le salaire de ton père ! » Ça la fait rire, mais la seule chose qui lui importe, c'est de vivre pleinement sa passion.

Cette maman-là, toujours présente, est mon phare dans la nuit.

Jeune adulte, je me lance dans le cinéma. Le chant a ouvert la voie. Mon père aurait préféré que je présente Sciences Po, mais je veux être comédienne. Si je n'essaie pas, je le regretterais toute ma vie. Je pars et je travaille pour payer mon indépendance. Restaurant, boîte de nuit, boutique, tout est bon si je peux suivre mes cours de théâtre. Répétitions, textes et personnages deviennent mon quotidien.

Comme pour le métro, je ne vais jamais seule aux castings, mais toujours avec une copine comédienne. Mélange de méfiance et d'entraide. D'autant que, dans les années 90, quand je démarre, des rôles pour lesquels on demande à l'actrice de se déshabiller, il y en a pléthore. Il nous est même arrivé de nous retrouver accueillies par un producteur en peignoir !

Aujourd'hui encore, en souvenir de ces joyeux moments, j'aime être accompagnée d'une amie (ou deux !) lorsque je vais à des événements ou dans des festivals, quitte à dormir tout habillées sur le canapé. J'ai toujours été proche de mes camarades, et cette sororité fait profondément sens, il me semble, dans une industrie où les actrices sont souvent décrédibilisées ou mises en compétition.

Au fil des années, j'ai essuyé quelques réflexions sexistes, mais la seule véritable mésaventure que j'aie connue, c'est le jour où un réalisateur a tenté de m'embrasser de force. Un type qui m'avait méprisée tout au long du tournage. J'ai dit non, je l'ai repoussé, j'ai fui. Par rapport à beaucoup d'autres, je m'en suis plutôt bien sortie, même s'il a demandé à une autre actrice de doubler ma voix, après cela. Humiliant, mais un moindre mal.

En trente ans, j'ai eu la chance de beaucoup tourner et de multiplier les rencontres et les échanges, au gré de ma passion, mais il est une personne qui m'a particulièrement marquée, influencée, en tant que femme. C'est Agnès Varda.

Agnès m'a donné l'opportunité de mon premier grand rôle, et c'est en la voyant à l'œuvre que j'ai le plus appris. Par imprégnation. Elle m'a inspirée sans que je m'en rende compte.

Je n'en ai pas l'exclusivité tant elle a essaimé, mais j'aime à penser qu'elle est un peu ma maman de cinéma. Celle qui m'a appris à faire plutôt qu'à dire. À entreprendre plutôt qu'à justifier ou revendiquer. À écouter, à tout regarder. Un œil terrible que notre Agnès.

Avant de travailler à ses côtés, j'avais découvert *Cléo de 5 à 7*. Quelle claque. Pour la première fois, on suivait une femme, non pas à travers le regard des hommes sur elle, mais à partir de son point de vue. La sempiternelle femme-objet devenait soudain sujet. Ses comparses de la Nouvelle Vague, exclusivement masculins, n'avaient pas pensé à ça...

Elle éprouvait rarement le besoin de se proclamer féministe. Elle ne s'excusait pas non plus de pouvoir l'être, mais elle préférait l'exprimer par ses actes, ses films, plutôt que par ses prises de parole. Un modèle.

D'abord en assumant d'être artiste et mère, et de gérer les deux de front avec un égal investissement. Une « monstruosité » dans les années 60. Elle me racontait comment elle avait toujours eu des poussettes dans la salle de montage, et à un journaliste qui lui aurait dit, au cours d'un entretien, alors que son fils Mathieu trottait autour d'eux, « votre fils nous dérange », elle avait coupé court à l'interview.

Son féminisme s'affirmait, ensuite, par son travail. Au travers du choix de ses sujets, bien sûr, mais aussi dans la composition de ses équipes, elle veillait toujours à ce qu'il y ait des femmes techniciennes. Elle avait réussi à imposer la parité sur *L'une chante, l'autre pas*. Une prouesse, même au milieu des *seventies*.

Sa vie, c'était l'image. Modeste artisane, sans relâche, elle éprouvait son outil, curieuse, mutine, ouverte, interrogeant le monde autour d'elle.

Un jour, elle m'avait dit : « Tu sais, pour certains, c'est en forgeant qu'on devient forgeron, moi je dis : c'est en filmant qu'on devient *filmeronne.* » Cette parole me reste comme un mantra.

Pendant longtemps, à l'instar d'Agnès, il m'a semblé qu'il suffisait d'entreprendre et de veiller à conserver mon indépendance pour exister dans un monde foncièrement masculin. Que ce soit comme vendeuse, serveuse, barmaid à mes débuts, ou plus tard comme actrice, j'ai toujours tenu à mon autonomie financière. Ça me paraissait déjà une position forte.

Au fil des années, ma conscience féministe s'est aiguisée. Il est vrai qu'au début je n'étais pas appliquée à essayer de changer les choses autrement qu'au travers des choix permis par mon métier. Choix des rôles en tant que comédienne, choix de défendre, plus que ce qu'on me demandait, certains films auxquels je croyais farouchement, et finalement choix des projets, le jour où j'ai monté ma maison de production, Rouge International. Cette société, rouge de colère autant que rouge féminin (à ongles ou à lèvres), je l'ai lancée avec une associée femme, Nadia Turincev, et la plupart de nos collaborateurs étaient des collaboratrices. Beaucoup des films que nous accompagnions, fictions ou documentaires, mettaient en avant les femmes et les inégalités qu'elles subissaient. J'étais d'emblée perméable aux injustices, sincèrement investie, mais ce sentiment s'est exacerbé au fil des années et la parité m'est devenue essentielle.

J'allais bientôt pouvoir questionner plus avant le problème, car une aventure allait m'amener, de fil en aiguille, à élargir mon horizon.

En 2011, Myriam Hacène, directrice d'une chaîne de télévision consacrée au cinéma, lançait un cycle réunissant plusieurs réalisatrices françaises. Un cycle composé uniquement de films de femmes, et dont le sous-titre serait : « Le cinéma a-t-il un sexe ? »

Pour accompagner l'événement, elle songeait à un petit documentaire, un objet décalé, qui questionnerait la pertinence d'un tel axe, et elle m'a proposé de le réaliser.

Je ne suis pas journaliste, pas réalisatrice, je n'avais aucune légitimité sur la question et surtout, même de façon légère, je n'étais pas sûre de vouloir cristalliser sur un problème qui n'aurait pas dû en être un.

À mes yeux, se concentrer sur un regard potentiellement féminin, c'était déjà ostraciser ces artistes. Les marquer au fer de la différence. Les définir uniquement en tant que femmes, plutôt que chacune en tant qu'individu. Ou que, toutes, en tant que cinéastes.

#MeToo n'était pas encore passé par là, et la plupart d'entre elles n'éprouvaient pas le besoin de brandir leur genre comme un étendard. Le combat avait été mené par leurs aînées, les choses avaient progressé. Ce n'était plus vraiment un sujet.

J'étais plutôt d'accord, mais d'un autre côté… mettre en avant ces metteuses en scène de différentes générations que j'admirais, ça me plaisait !

Pour cette raison, d'abord, j'ai dit oui.

J'ai embarqué mon ami Mathieu Busson dans l'aventure. Comédien comme moi, il commençait à réaliser, et un double point de vue femme-homme me semblait capital. La parité, définitivement j'y tenais. Et puis, j'ai horreur de faire les choses toute seule !

Cependant, nous ne savions pas par quel bout aborder notre sujet. Nous cherchions un angle différent de ce qui avait été fait.

On l'a trouvé le jour où Alexandra Lamy m'a parlé de cette dame sur laquelle elle souhaitait faire un film. Une dame dont je n'avais jamais entendu le nom, et pourtant :

La première personne à avoir réalisé des films de fiction, juste après l'invention de la caméra par les frères Lumière. Avant tout le monde, avant Méliès. Une femme, oui. Mais une femme tombée, peu ou prou, dans l'oubli. Elle avait beau avoir tourné des centaines de films, monté le premier studio indépendant aux États-Unis, Alice Guy, devenue Alice Blaché par la « magie » du mariage, s'était retrouvée perdue, effacée, dans les méandres des archives. Et si elle est à nouveau célébrée depuis quelques années, son patronyme et son histoire étaient quasiment inconnus en 2011.

Nous nous sommes dit que là, tout de même, il y avait quelque chose à raconter. Nous tenions notre fil rouge. Une héroïne anonymisée.

Nous nous sommes lancés.

Quelques années plus tard, ce sont finalement trois films interrogeant la place des femmes dans le cinéma que nous avons mis en boîte.

Le premier, sur des réalisatrices françaises. Le second, sur leurs homologues masculins. Le dernier, à nouveau sur des femmes cinéastes, mais du monde entier.

Chaque fois, nous avons soulevé le problème d'absence de parité, celui des moyens alloués, pointé le manque de représentativité sur les écrans, les attitudes sexistes, ou bien évoqué l'intérêt d'imposer ou pas des quotas.

Il y avait, en fait, infiniment à dire.

En parallèle de ce travail, durant cette même période, le monde a changé. Il a été bousculé.

Toute une série d'événements, politiques, populaires, scandales ou manifestations, a remis en question la domination masculine.

Ce n'était pas la première fois dans l'Histoire qu'une telle chose arrivait, mais la première fois que ces mouvements prenaient une telle ampleur. Mondiale, véritablement. La première fois aussi qu'il fallait reconnaître les reculs effrayants par rapport aux combats antérieurs.

Aujourd'hui, les lignes continuent de bouger. Assez pour qu'il ne soit plus possible de trouver la situation normale. Trop peu pour crier victoire. Les progrès à accomplir restent, juste, considérables.

Dix ans plus loin, j'ai fait moi-même un substantiel chemin.

Ces trois films m'ont permis de nouvelles rencontres. J'ai fait la connaissance d'autres femmes, dans d'autres domaines – associatifs, médicaux, humains – qui m'ont amenée à préciser ce qui n'était jusqu'ici que spontané. Ma démarche est devenue construite, développée. Pensée. Voulue. Et ce qui était une simple prise de conscience s'est transformé en engagement. En indignation.

Je suis devenue féministe. Ou, plus exactement, j'ai compris que je l'étais déjà, intrinsèquement.

Depuis, j'essaye d'aider d'autres femmes.

Ces femmes qui souffrent, ces femmes qu'on bafoue, ces femmes qu'on écrase, qu'on humilie, qu'on rabaisse.

Ces femmes qu'on bat ou qu'on viole.

Ces femmes qui s'effacent.

Ces femmes qu'on efface.

Ces femmes qu'on tue.

Mais aussi ces femmes qui luttent.

La plupart sont bien plus fortes que je ne le suis. Beaucoup m'ont inspirée, sont un exemple, et toutes me donnent du courage. Mais pour la majeure partie d'entre elles, leur travail ou leurs actions sont à peine reconnus. Souvent minimisés. Pas forcément bien compris. Peu écoutés. Parfois moqués, voire décrédibilisés.

Je ne suis pas sociologue, pas médecin, pas policière, pas assistante sociale. Pas spécialiste de ces questions. Je n'ai pas été violée, agressée, je n'ai pas subi d'atrocités. Je suis privilégiée.

Quel droit, alors, ai-je de parler ?

Eh bien leurs droits à elles, justement.

Et alors qu'on a pu me reprocher d'être (trop) secrète ou insaisissable, je veux prendre la parole pour elles, mettre en lumière ces autres femmes. Témoigner de leurs batailles, pour partager un problème qui est – c'est sûr, évident – essentiel.

Avant de sauter le pas pour oser un livre, et comme pour les documentaires, j'en parle à Mathieu, mon coréalisateur. Comme pour nos films, je lui propose d'aller retrouver ces femmes que j'ai rencontrées au fil de ces dernières années et qui m'ont ouvert la voie. Nous parlons, nous échangeons et ensemble, scribouillards de fortune, nous nous attelons à livrer leurs portraits.

Un peu de moi, énormément d'elles.

Simone de Beauvoir disait : « On ne naît pas femme, on le devient. »

Et féministe ?

Eh bien… au moins, on peut le décider.

L'endométriose

> « La science a peut-être trouvé un remède pour la plupart des maux, mais elle n'en a pas trouvé pour le pire de tous : l'apathie des êtres humains. »
>
> Helen Keller

À l'époque où nous tournons notre premier documentaire, consacré aux femmes cinéastes, l'une d'elles, Lisa Azuelos, me propose de jouer dans un court-métrage qu'elle souhaite réaliser pour dénoncer les mariages forcés, *14 millions de cris*.

À la suite de sa diffusion, une femme qui a vu ce film engagé me sollicite pour une cause bien particulière.

Elle s'exprime avec un accent chantant, que syncopent les *r* qui roulent dans sa gorge. Le français n'est pas sa langue maternelle, mais ça n'entame en rien une détermination que je sens implacable. Sans préambule, elle me demande : « J'ai un problème médical, pouvez-vous m'aider ?

– Eh bien… c'est-à-dire que… si c'est un problème médical, c'est à mon père, chirurgien digestif, qu'il faut s'adresser.

– Non, non. C'est de vous que j'ai besoin ».

Elle m'explique. Son nom est Chrysoula Zacharopoulou, elle est gynécologue obstétricienne. Originaire de Grèce, elle a fait ses études en Italie et exerce maintenant en France. Depuis longtemps, depuis son doctorat en fait, elle essaye d'alerter sur une maladie chronique liée aux règles qui touche une femme sur dix. Un chiffre énorme, mais une pathologie quasiment inconnue. Une aberration à laquelle elle veut mettre un terme, et elle cherche des soutiens pour sensibiliser les médias, bouger les instances, communiquer à l'échelle nationale.

Cette maladie, c'est l'endométriose.

« L'endo… quoi ? »

Je n'ai, en effet, jamais entendu ce nom.

J'interroge mon père, qui confirme : « Oui, bien sûr, l'endométriose. C'est terriblement réel. J'en opère régulièrement. Cette maladie peut broyer une vie. Mais à cause du tabou des règles, elle reste le plus souvent cachée. » Je tombe à la renverse. Une maladie lourde à ce point, qui toucherait une femme sur dix, et dont personne ne parle ? C'est impossible.

L'asthme, on connaît, le diabète aussi, les déséquilibres de la thyroïde, principalement féminins, et même la maladie de Crohn, encore assez rare, on commence à les évoquer. Mais pas l'endométriose. Pourquoi ?

Et d'abord, concrètement, l'endométriose, qu'est-ce que c'est ?

L'endomètre est la muqueuse qui tapisse l'intérieur de l'utérus d'une femme en âge de procréer. Si la femme n'est pas enceinte, l'endomètre se désagrège chaque mois, au cours de cycles hormonaux, et s'élimine par le vagin : ce sont les règles.

Sans qu'on sache bien pourquoi, l'endomètre de certaines femmes se répand en dehors de la cavité utérine. Non seulement il ne peut pas s'évacuer du corps, mais il en vient à créer des lésions, des kystes ou des nodules sur les organes avoisinants. Les ovaires, l'intestin, la vessie voire exceptionnellement les poumons peuvent ainsi se retrouver « attaqués », et collés entre eux ou sur l'abdomen. Tous les mois, du sang s'écoule anormalement dans le corps, provoquant comme des hématomes internes. Et les hématomes, ça fait mal.

Pour certaines patientes, aucune gêne n'est ressentie, ce qui n'empêche pas la maladie de se développer sournoisement. Pour d'autres, et pour peu que l'endomètre appuie aux mauvais endroits sur des nerfs, la douleur peut être folle, notamment durant les menstruations. Des maux incapacitants, qui empêchent de se lever, de marcher, de travailler, d'avoir une vie normale. D'autres manifestations sont courantes, comme des inflammations interdisant tout rapport sexuel, ou des troubles digestifs ou urinaires sévères. L'éventail des complications possibles est très large. Et c'est la première cause d'infertilité chez les femmes en France. Si la maladie n'est pas mortelle, elle évolue sans cesse. Les symptômes s'aggravent jusqu'à la ménopause, et finissent par disparaître en même temps que le cycle menstruel.

Cependant, les médecins ne sont pas ou peu formés à ce mal, et la recherche n'est pas financée. L'idée reçue que les règles, forcément, c'est douloureux retient la plupart des femmes qui souffrent de consulter, et la maladie peut prendre des formes si variées que le diagnostic est souvent très long à poser. Sept ans en moyenne, actuellement, quand on table plutôt sur trois ans pour les autres maladies. Résultat, la plupart des patientes ignorent qu'elles sont atteintes d'endométriose et ne sont pas prises en charge.

Celles qui ont la chance de l'être, ne sont pas soulagées pour autant, car il n'existe pas de traitement permettant d'en guérir. On peut, dans certains cas, atténuer les symptômes, mais les améliorations sont rarement pérennes, et ces soins, chirurgicaux ou hormonaux, peuvent être accompagnés d'effets secondaires pénibles.

Et cette affection touche, donc, une femme sur dix ! Une femme sur dix susceptible de vivre le martyre, sans que rien de tangible soit mis en branle pour proposer une solution. Sans même que l'immense majorité des gens ait jamais eu vent de cette maladie.

Chrysoula, ça la met hors d'elle. En tant que médecin, elle tire la sonnette d'alarme depuis plus de dix ans, en vain, et elle a décidé de passer à la vitesse supérieure. Ce problème médical doit devenir une lutte pour le droit des femmes et s'inviter dans le débat public.

Déjà, elle est entrée en contact avec Imany, une chanteuse qui a écrit un texte bouleversant sur son endométriose, dans lequel elle détaille une vie rythmée par les douleurs mensuelles, comme sa peine de ne pas pouvoir avoir d'enfants. Je découvre ce témoignage magnifique, qui a fait grand bruit sur les réseaux sociaux, et nous nous rencontrons. Toutes les trois, nous lançons alors un projet fou : une campagne de sensibilisation nationale pour faire taire l'ignorance, Info-endométriose. D'autres ont bougé avant nous, comme EndoFrance ou de plus petites associations de malades, dont Lilli H., mais si leur travail acharné est exemplaire, il reste trop confidentiel, faute de moyens. C'est l'autre but de la plateforme que nous créons : soutenir toutes ces structures qui œuvrent en silence. Pour cela, il faut lever des fonds, trouver des mécènes. Les deux premiers à nous aider pour cette cause féminine sont des hommes, François-Henri Pinault pour Kering et Jean-Paul Agon pour L'Oréal. D'autres suivront. Ensuite, il nous faut un slogan pour marquer les esprits. Ce n'est pas notre métier et c'est Havas Paris qui, bénévolement, nous conseillera. Ensemble, nous trouverons : « Les règles, c'est naturel. Pas la douleur. » Nous contactons une dessinatrice, Soledad. D'un trait aussi incisif que limpide, elle croque pour nous une planche de bande dessinée explicative, qu'un ami producteur déclinera en petit film d'animation. Le projet s'étoffe, et telle imprimerie promet de nous confectionner, à l'œil, les posters nécessaires à la diffusion du message dans toute la France, quand tel publicitaire assure de nous mettre gracieusement à disposition ses panneaux d'affichage, et telle entreprise de nous fournir le papier et la colle.

Mais ça ne suffit pas, si nous ne touchons pas les pouvoirs publics. Si nous n'éduquons pas, les médecins comme les patientes. Les femmes, comme les hommes.

C'est à cette période que nous sommes conviées à la mairie du douzième arrondissement, à Paris, pour une expo photo qui réunit une série de portraits de femmes atteintes d'endométriose. Là aussi, dans le but de faire connaître la maladie. L'instigatrice du projet, c'est Lunise Marquis. Adjointe au maire, elle a entendu parler de notre entreprise, et va aussitôt s'investir à nos côtés. Mieux, c'est elle qui prend en charge la sensibilisation des ministres, des élus, des collectivités et des écoles. La communication. Et pas juste le temps d'une campagne, mais avec l'idée que la prise de conscience soit durable et passe d'un gouvernement à l'autre. Pour ça, il faut signer des conventions avec les différents ministères.

Najat Vallaud-Belkacem est la première à nous tendre la main, en nous ouvrant les portes du ministère des Droits des femmes d'abord, celui de l'Éducation nationale ensuite. Grâce à elle, nous pourrons distribuer dans tous les collèges et lycées de France nos affiches et les plaquettes informatives illustrées par Soledad. Chrysoula, elle, va former plusieurs groupes d'infirmières scolaires sur la détection des symptômes, pour qu'à leur tour elles forment leurs collègues. Plus tard, Marisol Touraine, au ministère de la Santé, signera à son tour une charte avec Info-Endométriose pour permettre de lancer des centres référents.

Nous organisons des concerts, des débats, des événements, jusqu'à des marches. Patiemment. À peine une poignée au début mais, après des années d'acharnement, des milliers.

Avec Chrysoula, avec Imany, avec Lunise, avec Cécile Togni-Purtschet qui gère l'association aujourd'hui, et grâce à d'autres femmes formidables, nous avons obtenu des victoires. L'endométriose, on commence enfin à vraiment en parler, mais il reste beaucoup à faire pour ancrer le message, mieux préparer les praticiens, obtenir plus d'études et des moyens pour la recherche. Et s'il faut insister, revenir dessus, préciser, c'est à travers l'expérience de Lunise qu'il semble le plus juste de le faire.

Parce que Lunise n'est pas seulement une militante archi-impliquée, dévouée aux autres. Elle est elle-même une victime. Atteinte d'endométriose. Stade 4. Le pire.

Quelques années plus tard, nous allons la voir avec Mathieu pour qu'elle nous raconte ce parcours. Son histoire, face à la maladie. Face à l'incompréhension.

Lunise Marquis

« Que se passerait-il si c'était les hommes qui avaient leurs règles, et non plus les femmes ?

Les règles deviendraient un événement masculin enviable et digne de fierté.

Les hommes se vanteraient de la durée et du flot.

Les garçons marqueraient l'arrivée de leurs règles, ce symbole tant attendu de virilité, avec des célébrations religieuses, et des fêtes strictement masculines.

[...] Le gouvernement fournirait les fonds pour des protections sanitaires gratuites. »

Gloria Steinem

On n'est pas tous égaux face à l'adversité. Certaines personnes ont une capacité de résilience absolument folle. Des gens miraculeux, qui, malgré les embûches que le sort s'acharne à glisser sous leurs pieds, impressionnent par leur ténacité infaillible. La vie les malmène, mais eux restent debout, énergiques, optimistes et solaires.

Lunise, c'est exactement cela. Une lumière qui vous éclabousse de plein fouet.

Très tôt, elle s'est investie en politique. Pas la politique pour la politique, mais la politique au service de la Cité, des autres. Celle qui permet d'améliorer le monde par le biais des lois, des amendements, de la réflexion, de la connaissance du terrain. De l'action.

Cependant, ce n'est pas le militantisme qui l'a amenée à se confronter à l'endométriose, mais son propre corps qui, un jour, a hurlé de douleur.

Elle nous reçoit, un matin, chez elle. Le lieu n'est pas grand, mais parfaitement tenu et, malgré le grondement des trains qui s'ébranlent toutes les cinq minutes sous les fenêtres de son appartement du côté de Bercy, il y a dans son espace comme une bulle de calme. Lunise a disposé sur la table un panier de petites viennoiseries à notre attention. Bien qu'elle n'ait jamais allumé une cigarette de sa vie, aucun problème à ce qu'on fume. On ouvre la fenêtre, il fait froid, on s'excuse. Elle sourit. Rassure. Tout est possible pour que l'autre se sente bien. Et nous sommes les bienvenus. Elle se pose et elle nous raconte.

C'est en Haïti qu'elle est née.

Sa mère, pauvre et malade, confie ses trois enfants à l'orphelinat avec la garantie qu'en cas d'adoption ils ne seront pas séparés. Un couple français d'Eure-et-Loir les recueille pour les élever dans leur campagne, quelque part entre Dreux et Chartres. La grande sœur et le petit frère s'adaptent. Lunise, moins. Peut-être parce qu'elle est celle du milieu, la cadette qui cherche à se démarquer. Du haut de ses trois ans et demi, elle se dit que même généreuse, même aimante, cette famille de blonds-roux aux yeux bleus n'est pas la sienne et qu'elle repartira en Haïti. Sans colère, sans rage ni acrimonie, mais avec une certitude indéboulonnable.

Il faudra de nombreuses séances de pédopsy pour la convaincre de rester. Pour qu'elle s'apaise et que plus tard, plus loin, cette famille finisse par devenir la sienne.

En attendant, elle grandit, pousse dans cette région de France en passe de se retrouver sinistrée, comme laissée pour compte par la république et les collectivités territoriales. Ici, le Front national prend racine, l'air de rien, sur le terreau de la pauvreté, mais la petite fratrie d'orphelins ne ressent heureusement pas encore le poids du racisme. Avec le passage dans un lycée public où évolue une population à la mixité plus marquée, ça change un peu et la question des droits et de la différence s'invite dans les conversations entre ados. On cite Malcolm X, on évoque Martin Luther King. On découvre le hip-hop, aussi. Injustice, égalité, intégration, solidarité. Des grands mots qui claquent et qui parlent à Lunise. Des idées qui l'interpellent. Comme un premier rêve de politique, en somme. Et déjà une certaine ambition, parce que, pour de vrai, à cette époque, elle se verrait bien présidente d'Haïti, histoire de régler tous les problèmes là-bas. Pas moins.

C'est sûrement pour cela qu'elle replonge dans les souvenirs de sa terre natale. Maigres vestiges transmis via une simple boîte, carton-plastique, aux trois enfants. Quelques lettres et photos glissées en vrac, qui la bouleversent. Au point qu'elle prend sa plume pour écrire à sa mère biologique. Pour comprendre, pour savoir. Pour la retrouver.

Une réponse arrive, signée de son père. Sa maman est décédée depuis longtemps.

Lunise n'a pas seize ans et décide de se rendre en Haïti pour ne pas perdre plus. Ne plus rien laisser passer. Sa sœur et son frère n'en éprouvent ni envie ni besoin. Elle, si. C'est viscéral. Elle serait même partie seule si sa mère adoptive n'avait pas négocié de l'accompagner au moins au début du voyage. À la descente de l'avion, sur le tarmac de Port-au-Prince, les émotions de sa petite enfance la submergent. Ce ne sont pas juste les odeurs et les sons qui affluent, elle découvre qu'elle comprend parfaitement le créole. Elle rencontre son père, ancien maire, très investi en politique. Quelque chose dans les gènes, peut-être ? Elle va sur la tombe de sa mère, fait des cauchemars atroces, et décide de fuir les lieux. Elle gardera des attaches avec certains membres de sa famille haïtienne, mais après ce pèlerinage elle ne reviendra pas.

De retour en France, les choses s'accélèrent. Alors qu'elle brillait en cross et demi-fond au point de s'imaginer pro, elle est contrainte de tout arrêter à cause d'une blessure au genou. Terminé les tours de stades, et nouveau coup dur pour la jeune femme. Pas d'atermoiements pour autant. Et alors qu'elle était admise au prestigieux pôle communication de la Sorbonne, le CELSA, pour suivre des études de journalisme sportif, virage total pour une inscription en fac d'histoire.

Elle observe, alors, la politique de loin, sans s'en mêler, voyage, ouvre les yeux. Sa pensée se précise et, au sortir des études, un discours de Nicolas Sarkozy, à La Baule, en 2005, a l'effet d'un révélateur inversé. Ce jour-là, elle se dit deux choses en l'écoutant : « Ce type va être président, et… ce n'est pas possible ! »

Elle adhère au PS et s'engouffre dans le militantisme, à travers notamment la cellule locale du douzième arrondissement, à Paris. Son sens de l'abnégation, son ouverture aux autres, sûrement, font qu'elle est repérée et proposée sur la liste municipale, qui remporte le scrutin. Elle devient conseillère déléguée. Vingt-huit ans seulement, la plus jeune à l'époque. Un an plus tard, suite au départ d'une élue, elle devient maire adjointe en charge de la petite enfance, de la protection de l'enfance et de la famille. Elle-même n'a pas d'enfants, ne connaît pas le sujet, mais découvre à quel point c'est d'abord un problème de femme. Ou plus exactement de la « non-égalité entre hommes et femmes », et qu'en cas d'absence de mode de garde, ce sont les mères qui pâtissent. Premières incursions vers le féminisme, qu'elle prolonge en s'engageant dans le milieu associatif, aux côtés d'Une femme, un toit. Le FIT, porté par Marie Cervetti, héberge des jeunes filles violentées ou à la rue, et les accompagne sur les plans social, économique, pédagogique et psychologique.

Nous sommes dans les années 2000, et pas grand monde ne parle de ces gamines en extrême difficulté.

À l'époque, ce dont elle ne parle pas, ou peu, ce sont ses règles qui l'ont toujours torturée, mise à plat. Un mal qui s'accentue au fil des années, mais qu'elle fait résolument mine d'ignorer. Elle est sur tous les fronts, sauf celui de son propre corps. Elle a gravi les échelons du côté de Solférino et participe de plus en plus activement aux campagnes. Locales, européennes et bientôt les primaires, en vue des présidentielles. Entre ses attributions d'adjointe au maire, son implication auprès des cercles de la petite enfance, ses activités de militante et son investissement associatif, son rythme est fou, mais elle met son épuisement sur le compte du surmenage, joue à l'autruche, ne se plaint surtout pas, cravache, avance. Jusqu'à la veille du meeting du Bourget. À ce moment, un collègue, inquiet de la voir si faible, sur le point de s'évanouir, l'oblige à consulter. Exsangue, Lunise n'a plus le choix et s'y résout. Elle ne le sait pas encore, mais sa vie vient de basculer.

Et même si la suite va prendre un temps infini, elle vient de faire le premier pas vers un parcours de soins absolument nécessaire. Un parcours tortueux, fait de ratés et de nombreuses hésitations, pour quelques réussites. Ce soir-là, on n'est pas capable d'identifier la cause de ses maux. On lui suggère d'aller plutôt à Trousseau, au pôle gynécologique dédié. « Eux, ils savent, ils connaissent. » Elle suit le conseil, quelques semaines plus tard, de nouveau cassée en deux par la douleur, mais là non plus on ne sait pas, aucune certitude en tout cas. Au moins repart-elle avec un traitement censé la soulager.

Rien n'y fait, elle reste constamment éreintée. Elle continue d'avancer, mais de plus en plus difficilement.

Imaginant un possible trouble hormonal, elle demande l'avis d'un endocrinologue. Le spécialiste confirme ce qui n'était qu'une hypothèse, et fait suivre à un chirurgien digestif, qui tranche : il faut retirer la thyroïde, rapidement, cause vraisemblable des dysfonctionnements qui occasionnent la très grande fatigue. Il fixe une date. Lunise refuse. « C'est pile pendant les élections présidentielles ! » Elle veut même repousser la deuxième proposition d'agenda qui tombe au moment des législatives, mais devant la tête du médecin, sidéré, elle finit par obtempérer.

L'opération a lieu, et malgré ça les symptômes persistent. Dans le même temps, les législatives approchent, Lunise voudrait s'y investir, militer, accompagner. Bien trop affaiblie, elle est obligée de retourner à Trousseau où un gynécologue lui fait finalement passer une IRM. Un nouveau verdict tombe : endométriose.

« Hein ? Qu'est-ce que c'est que ce truc-là ? Jamais entendu parler ! »

Comme la plupart des gens, Lunise ne sait rien du tout de cette maladie, ne soupçonne même pas ce que ça puisse être.

Comment le pourrait-elle, à l'heure où l'essentiel des généralistes, voire de nombreux gynécologues de ville, ignorent ou méconnaissent le problème ? Pas avertis, à peine formés. Quelques pontes maîtrisent en partie le sujet, certes, mais ces spécialistes sont le plus souvent dédiés à l'infertilité. Si au bout de trois ou quatre échecs, malgré des traitements astreignants, une femme ne tombe toujours pas enceinte, on commence éventuellement à penser endométriose, mais quid de celles qui ne cherchent pas à avoir d'enfants ?

Lunise, elle, se documente sur le sujet. Ils veulent encore l'opérer, alors elle veut savoir, a besoin de comprendre quelle est cette chose qui attaque son corps. Au fur et à mesure, elle réalise et se souvient. C'était là depuis des années, mais elle se contentait de serrer les dents. Elle se revoit manquer de défaillir avant et après avoir officié aux mariages, alors qu'elle se tenait toujours droite et souriante pendant la célébration. Un ami lui avait même fait remarquer qu'elle s'était mise à boiter. Elle avait balayé cette assertion d'un grand éclat de rire catégorique. En fait, dans sa tête, dans tout son être, elle s'évertuait à faire taire la douleur, à (se) la masquer. Pareil pour les règles, qui lui avaient toujours mené la vie dure. Parce qu'elle était sportive de haut niveau, elle avait pris l'habitude de passer outre la souffrance. Et puis, on a beau se faire croire qu'on est à l'aise avec ça, que la parole s'est libérée sur la question, les règles, dans nos sociétés, demeurent un sujet tabou. On en parle peu, on n'en parle pas, on en parle bas, et ça reste honteux. C'est mieux si ça reste discret. Tout à fait caché même, idéalement.

Surtout, on pense que c'est normal. Que, bien sûr, toutes les femmes ont mal pendant leurs menstruations. Peut-être certaines un peu plus que d'autres, mais pourquoi s'en plaindre ? « Ne fais pas ta chochotte, ma chérie, on passe toutes par là. »

D'ailleurs, en se confiant à sa mère adoptive, Lunise découvre qu'elle aussi a souffert de règles terribles. À l'époque, on avait mis cela sur le compte d'une appendicite mal opérée, il n'avait jamais été question d'endométriose. Qui s'en souciait alors ? Aussi bien, c'était la cause de son infertilité. La raison qui l'avait amenée à adopter Lunise, sa sœur et son frère. Curieux hasard que cette filiation à travers la douleur.

Lunise, elle, au moins, sait désormais ce qu'elle a. Elle enchaîne les examens tous plus intrusifs les uns que les autres, comme ce liquide à quarante degrés injecté dans tout le corps, et autres joyeusetés qu'elle nous relate en souriant. Un corps malmené de toutes parts, un corps qui a changé. Un corps qui n'est plus le sien. Comme son temps qui appartient désormais aux médecins et à la maladie, obligeant cette hyperactive à assimiler progressivement le sens profond du mot « patiente ». D'autant qu'il y a toujours un coup du sort, un rebondissement, une escalade vers un possible plus terrifiant. Là, à une semaine de l'opération, son chirurgien vient la trouver, catastrophé. Les derniers résultats qu'il a reçus sont bien plus inquiétants que ce qu'il pensait. Les atteintes ne sont pas juste gynécologiques,mais aussi digestives. En résumé, tous ses organes sont collés à son abdomen. Lui n'est pas compétent pour intervenir et la recommande à un confrère.

Il faut repartir. Vers la peur, l'inconnu, encore.

Un nouveau grand ponte lui annonce que son endométriose est au stade le plus grave. Quelque chose de vraiment moche. Pour être honnête, vu l'étendue de la maladie, il ne s'explique même pas comment elle a tenu face à une douleur pareille. Il ne peut pas la guérir, mais il doit tout faire pour sauver les organes déjà attaqués. Il va d'abord falloir les dessécher à coups d'hormones pendant six mois, pour pouvoir travailler dessus. Ensuite, il faudra repasser sur le billard, pour une chirurgie au risque très élevé. 70 % de probabilités d'avoir une poche pour les selles. 80 % d'en avoir une pour la vessie. À vie.

Bien sûr, dans ces circonstances, impossible d'avoir un bébé. Et bien sûr, si elle avait été diagnostiquée plus tôt, le tableau aurait pu être moins sombre.

En silence, sans moufter, Lunise prend des notes. Elle ne s'effondre pas. C'est que, voyez-vous, les larmes, elle les a déjà versées en découvrant la maladie. Depuis, elle s'est renseignée, s'attend au pire et se prépare au combat.

Pas juste une compétitrice, une guerrière, véritablement.

Le grand professeur, sincèrement ça l'impressionne et il lui recommande de ne penser qu'à elle d'ici l'intervention. Il entend sûrement par là un maximum de repos, mais elle, ce qu'elle veut, si jamais une poche gastrique et une stomie urinaire la condamnent à ne plus voyager, c'est s'en mettre plein les yeux. Remplir son cerveau du plus beau de la planète pour ne rien regretter. Elle jette son dévolu sur l'Argentine. C'est loin, immense, infiniment varié, c'est sauvage, c'est complet. Elle part seule.

Les médecins la laissent faire, mais lui avoueront à son retour combien ils redoutaient ce périple. Pourtant, ces quelques semaines des chutes d'Iguazu aux confins d'Ushuaia lui ont fait un bien fou. Rassérénée, elle est prête à affronter l'opération. C'est reparti.

Depuis son ablation de la thyroïde, Lunise a pris trente kilos en trois ans. La faute aux hormones, essentiellement. Elle le sait et refuse désormais de lire les notices des médicaments. Trop déprimant pour cette ancienne sportive d'imaginer quel énième effet secondaire pourrait encore la cueillir par surprise.

D'ailleurs, les nouveaux traitements provoquent déjà de nouvelles douleurs. Elle tombe dans la case des 0,5 % qui réagissent mal au protocole. Décidément, les statistiques, Lunise, ce n'est pas son truc. Pas son truc non plus de ne rien faire, et contre l'avis des docteurs, malgré la fatigue omniprésente, elle assure son mandat d'élue. Cérémonies, mariages, réunions municipales. Au cours d'une table ronde avec des directrices de crèche, l'une d'elles, liant sa longue absence à sa prise de poids, la félicite pour l'« heureux événement ». Polie, discrète, Lunise botte en touche. Non, non, elle n'est pas enceinte. Elle a juste quelques soucis de santé.

Mieux vaut entendre ça que penser aux suites possibles de l'opération. Qui arrive.

Jour J. Six heures prévues au bloc. L'angoisse. La terreur. Et puis…

Salle de réveil. Lunise découvre qu'elle a une sonde nasale. Encore une chose qui n'était pas au programme. Tellement peur d'entendre de quoi il pourrait s'agir qu'elle n'ose pas regarder le professeur qui vient d'entrer dans la chambre. Il prend les devants et lui explique. Ils ont découvert que les atteintes au tube digestif étaient plus invasives que ce qu'ils pensaient, et ont dû faire une double résection. En gros, couper l'intestin en deux endroits trop abîmés. Il ne faut surtout pas qu'elle avale quoi que ce soit le temps que ça cicatrise, mais elle pourra bientôt remanger normalement.

OK. D'accord. Micro-soulagement.

Et la sonde pour les selles ?

Lunise regarde autour d'elle.

Rien.

Le chirurgien sourit, pas peu fier. « Oui... J'ai réussi, ça... » Un temps. Un soupir. Déjà ça de gagné.

Mais, et la sonde urinaire ?

Là, c'est... trop tôt pour dire. Il faut faire des tests. Deux fois. Dans cinq jours. S'ils ne sont pas concluants, Lunise devra s'auto-sonder jusqu'à la fin de sa vie.

Cinq jours d'attente. Le calvaire des minutes qu'on décompte dans un lit d'hôpital et un premier test. L'infirmière prend son temps. Pas par sadisme, surtout pas, mais par zèle. Scrupuleusement.

Elle se tourne vers Lunise. Un sourire doux. Cette fois, c'est bon. Ce test est réussi.

Un sanglot, et une larme qui coule.

Un peu de tension qui se relâche. Lunise sait qu'il faut encore faire un contrôle, mais chaque petite victoire est une montagne franchie.

Toute une journée dans l'expectative totale, une journée plus longue qu'un siècle.

Et enfin, le deuxième test.

Il sera positif, également.

Elle pourra voyager de nouveau. Autant qu'elle veut. Ça n'a pas de prix.

Quasi, une deuxième vie possible.

Lunise est retournée au boulot, au militantisme. Plus dur que ces trois années d'hôpitaux et de traitements, les humains qu'il faut retrouver, affronter. Et ce n'est pas toujours joli. Certains ont raconté que sa maladie était fictive, d'autres en ont profité pour l'évincer de certaines responsabilités et prendre sa place.

La trahison, le cynisme. Plus nocifs qu'un virus. Nausée, dégoût.

En même temps, c'est cette incurie humaine qui va la pousser à faire parler de la maladie. Qu'on sache que ça existe vraiment, que ce n'était pas juste « dans sa tête ». Qu'on évite à d'autres de subir le même genre d'épreuves, et que plus jamais une seule petite fille n'ignore, à l'avenir, le sens du mot « endométriose ».

Sa première initiative sera cette série de photos présentant des patientes, elle y compris, exposée à la mairie du douzième. C'est là que nous croisons sa route avec Chrysoula. Elle est grande, elle déborde de vitalité, de bienveillance, et nous accueille avec chaleur. Conquises, nous lui parlons de notre plateforme, et elle nous rejoint aussitôt pour nous épauler dans la création d'Info-endométriose.

Une force immense pour notre association, car Lunise a de nombreux contacts parmi les élus, dans les ministères. Elle est respectée pour son honnêteté, n'a jamais rien demandé pour elle-même, et n'a aucun complexe à s'adresser aux responsables haut placés. Franche et directe, quand elle cogne aux portes pour parler de l'endométriose, on lui ouvre et on l'écoute. C'est elle qui permet de signer des conventions avec le ministère de l'Éducation nationale, d'abord, puis avec celui de la Santé. Quand notre campagne d'information est lancée, elle participe à toutes nos réunions. Active, lumineuse, archi-impliquée. À se demander si elle a jamais été malade.

Peu à peu, les mentalités évoluent en France, et Lunise se rend à l'ONU avec Chrysoula, deux années de suite, pour défendre la cause au-delà des frontières.

L'endométriose peut empêcher de travailler, de faire du sport, d'avoir des relations sexuelles, explique-t-elle. C'est, il faut le marteler, la première cause d'infertilité. Elle peut faire terriblement souffrir et retirer leur dignité aux femmes.

Idem pour les règles, il faut en finir avec ce tabou. Dans certains pays, la précarité menstruelle est un fléau. C'est pourtant un droit fondamental pour les femmes d'avoir un accès à la santé qui leur permette de vivre normalement. Lunise ne lâche rien.

Aujourd'hui, elle se sent mieux. Cette femme aux épaules si solides, qui a tellement enduré, tellement donné aux autres, a décidé de se recentrer sur elle-même.

Elle a quitté ses fonctions d'élue. Elle s'était promis depuis longtemps de ne pas dépasser deux mandats et, comme chaque fois, elle a fait ce qu'elle avait dit. Les persifleurs et autres nuisibles ont achevé de la convaincre de rendre sa carte d'un parti dans lequel, sur la fin, elle ne reconnaissait plus ses aspirations humanistes et laïques. Au sein de l'association Info-endométriose, elle a progressivement cessé d'agir au premier plan, jusqu'à quitter son poste. Pas pour s'en débarrasser, mais au contraire pour que l'aventure puisse vivre sans elle. Elle a tout anticipé, organisé pour que l'action continue après son départ. Si besoin, elle est toujours prête à aider, ravie de rendre visite.

Elle est revenue dans le « civil ». Désormais, elle est directrice des relations publiques d'Ippon

Technologies. Avant cela, elle a été directrice adjointe de l'École supérieure de publicité et de l'École supérieure du digital. Un lieu d'enseignement où elle a aimé se retrouver en salle des profs, partager un café, prendre son temps. Se poser, presque. Dans cet établissement, quelques jours après la rentrée des classes, une élève est venue demander un Doliprane, le ventre plié en deux. Lunise l'a prise à part et, très vite, l'a guidée vers des médecins compétents.

Le verdict est tombé : endométriose. Elle ne s'en est pas étonnée. Forcément, il y avait là environ mille cinq cents élèves, en majorité des filles. Alors, si l'endométriose touche une femme sur dix..

Elle-même n'est pas tirée d'affaire. Lors de la dernière intervention qu'elle a subie, on lui a trouvé une adénomyose. Une pathologie semblable à l'endométriose, mais à l'intérieur de l'utérus. Les médecins ont choisi de ne pas le lui retirer pour qu'elle conserve des chances d'avoir un enfant. Parce que oui, depuis quelque temps, Lunise prend un nouveau traitement hormonal dans ce sens.

Plus tard, dans la soirée, j'ai cherché la signification de ce prénom unique que ses parents biologiques lui avaient donné, et qu'elle avait pu, chose rare, conserver malgré l'adoption.

Lunise signifierait « illustre par la force ». Je confirme. Absolument. Dotée d'une infinie douceur, aussi.

Je vous souhaite un jour de la rencontrer.

Les violences intrafamiliales

> « Ce qui compte c'est se libérer soi-même, découvrir ses propres dimensions, refuser les entraves. »
>
> Virginia Woolf

Notre premier documentaire vient à peine d'être diffusé que nous choisissons de réitérer l'aventure, partant d'un constat simple : sur la question de l'hégémonie masculine, quel que soit le domaine, les seules à être systématiquement interrogées sont... les femmes.

Absurde.

Pour cette raison, nous décidons d'aller à la rencontre d'hommes cinéastes pour un deuxième film en contrepoint, quand soudain : une couverture, une photo, un scooter.

Le coup de massue. Le privé qui vole en éclats.

On a beau savoir, quand on mène une vie publique, qu'on risque d'être exposé, personne n'est préparé à voir sa vie jetée en pâture à ce point.

Que faire ? On choisit l'homme qu'on aime, pas sa fonction. Si on parle, on se justifie. Si on se tait, on laisse la voie ouverte aux divagations. Mais parce que c'est précisément mon intimité, je choisis le silence, laissant le champ libre aux allégations stupides qui surgissent de toutes parts.

Je ne peux plus faire un pas dehors. Si je sors pour la moindre course, aussitôt une horde de paparazzis m'assaille. Je vis cloîtrée, coupée de ma famille, de mes amis, de mon travail. J'aimerais pouvoir dire que ça ne m'a pas atteinte, mais je n'ai pas eu cette force. Petit à petit, je m'efface, je m'éteins.

Mes proches, inquiets, échafaudent un plan pour m'aider à m'échapper.

Une amie sort de mon immeuble à ma place, vêtue de mes habits. Le visage recouvert de mon manteau, elle fait mine de se cacher des photographes. Elle monte dans une voiture et part, comme en catastrophe, vers une destination quelconque. Ça fait la blague, la presse people n'est pas toujours très regardante en matière d'espionnage. Ils la prennent en chasse.

Déguisée, je sors à mon tour, au bras de mon petit frère pour former un couple fictif, feignant un air naturel et dégagé. Nous grimpons dans une autre voiture. Nous vérifions que nous ne sommes pas suivis, et nous roulons aussi tranquillement que nous le pouvons, à l'opposé. Jusqu'à un parking privé. Là, dans un sous-sol sombre, changement de véhicule. Ce coup-ci, je me couche sur la banquette arrière.

Au volant, le cousin d'un ami, que je ne connais pas, que je n'ai jamais rencontré.

Il démarre. J'entre en apnée.

Je pars, je m'éloigne. À l'aveugle.

Je fais plus de cent bornes, planquée sous une couverture, en direction de je ne sais où. Une heure, au moins, dans le noir complet, le silence, sans aucun repère. Enfin, le conducteur s'arrête, et m'indique que je peux me redresser, m'asseoir normalement.

Nous reprenons la route et, pour me rassurer, pour détendre l'atmosphère, l'inconnu engage la conversation. Un homme visiblement habitué à l'action, mais qui déjoue les clichés du genre, pas macho pour un sou et dont le sujet de prédilection est… sa femme. Il me parle d'elle, des étoiles plein les yeux. Il m'en parle d'autant plus volontiers que son travail à elle est d'aider des femmes en fuite. Des femmes battues qui cherchent à se soustraire à leur bourreau, fugitives en détresse. Lui l'épaule parfois, et il a une certaine habitude de ce genre d'échappées nocturnes.

D'emblée, je relativise. Ce que je viens de vivre n'est rien, rien du tout, comparé au calvaire de ces femmes persécutées et isolées depuis si longtemps.

Sa femme à lui, je la rencontre quelques mois plus tard. Incroyable Gwenaëlle Perrousset. Elle est membre de l'association Le Pont, qui lutte contre l'exclusion sociale, et aide à l'hébergement d'urgence, comme à la réinsertion. Depuis une dizaine d'années, sans que ce soit officiellement acté, elle est devenue une spécialiste de l'aide aux victimes de violences conjugales dans sa région. Quand un homme frappe régulièrement sa compagne, et que celle-ci ose appeler au secours, c'est Gwen, la première, qui intervient.

À ses côtés, je découvre et j'apprends. Je réalise pleinement.

Je savais déjà des choses. Par les récits de mon père qui me décrivait les urgences quand il était interne, par mes lectures, par la presse, parfois au travers de la préparation de certains rôles, mais jamais je n'avais touché du doigt à ce point la difficulté qu'il pouvait y avoir à être femme au sein de certains couples, aujourd'hui, en

France. À quel point nous vivions encore au Moyen Âge.

Dans le même temps, comme une quadrature du cercle implacable, je découvre que pas grand-chose d'efficace n'a été instauré pour aider ces victimes. À l'exception notable de celles et ceux qui se démènent sur le terrain avec presque rien. Gwen est l'une de ces héroïnes du quotidien.

En composant cet ouvrage, alors que le Grenelle des violences a été une déception, elle est l'une des premières que je souhaite retrouver. Afin qu'elle retrace son parcours.

Et, à travers son expérience, qu'elle nous donne à voir un peu de leurs vies, à elles.

Gwenaëlle Perrousset

« Le féminisme n'a jamais tué personne. Le machisme tue tous les jours. »

Benoîte Groult

Elle appelle les femmes «Madame» et les hommes « Monsieur ». Toutes et tous, agressées comme agresseurs, indifféremment. Elle « anonymise ». Par respect, par déontologie. Pour les protéger et pour se protéger elle-même. Jamais de nom. Beaucoup font pareil.

Dix ans au moins qu'elle fait ça. Dix ans qu'elle parcourt un territoire de cent kilomètres de long pour venir en aide à celles, et quelques fois ceux (quoique minoritaires), qui subissent des violences conjugales et cherchent à échapper à leur enfer.

Quand on débarque, un matin, à Chalon, en compagnie de Mathieu, elle est là à nous attendre. Plantée, sereine et rayonnante, devant sa voiture, laissant le flot des usagers SNCF la traverser en sens inverse. Pas de chichis, pas d'apprêt, on a beau la connaître peu, elle nous parle comme si on s'était quittés la veille. Heureuse qu'on soit là, qu'on s'intéresse à son travail.

À travers les vitres de l'imposant 4 × 4 familial, fatigué, qu'elle conduit d'une seule main, facile, des bouts de paysages du Charolais défilent. Les bretelles d'accès à répétition le disputent à une succession de ronds-points improbables et autres zones commerciales qui infiltrent les pâturages. On dirait, ici, que la civilisation cherche à piétiner la nature. Pourtant, la campagne tient bon. Les habitations, accrochées à flanc de colline, ou planquées à l'ombre d'un maigre bosquet, ont plus de mal. Disséminées dans le paysage. Bref aperçu de ce désert social, au-delà des villes, dont les types à la télé font leurs choux gras.

Ça la fait rire, Gwen. Là où sa famille est installée, à une heure de route, c'est encore plus reculé. Le médecin est loin, aller à l'école nécessite un véhicule, et c'est un enfer pour avoir du réseau. Il faut parfois traverser le champ du voisin pour grappiller une barre de connexion. C'est vrai. Mais le reste – les enfants libres de gambader, les nuits piquées d'étoiles, et le bruit du silence – n'a pas de prix. Aussi, malgré un bref passage aux alentours de Paris quand son père, postier, y a été muté, c'est ici que cette petite-fille d'agriculteurs d'un côté et de vignerons de l'autre a choisi de revenir. Au vert, à la ruralité.

Avant de se poser dans la région, elle a grandi la tête dans ses nuages du Beaujolais. Cette aînée de deux autres sœurs rêve alors d'un monde meilleur. Pas tant pour elle que pour les autres, qu'elle s'imagine sauver. Parce que depuis qu'elle est petite, Gwen, l'injustice, elle ne la supporte pas. Personne n'aime ça, bien sûr, mais il y en a comme elle, que ça empêche de dormir, que ça réveille le matin. Un sentiment tellement chevillé au creux de l'estomac que ça dicte leurs actes, que ça guide carrément leur vie. Avec, pour Gwen, un déclencheur.

C'est à la fin du collège que ça se passe. Il y a cette élève qui est la risée de tous. Miséreuse, misérable, mal sapée, la jeune Anglaise rase les murs, sous les moqueries unanimes de ses camarades. L'âge où l'esprit de groupe s'aiguise à la méchanceté, confine aisément à la bêtise, où la médiocrité facile s'en donne à cœur joie. Bienvenue dans la communauté des hommes.

Contre l'effet de bande, Gwen aborde cette inconnue esseulée, lui parle, devient son amie. Et découvre l'insondable horreur. La violence au foyer, la prostitution, les abus du beau-père. Et l'aphasie autour. Pour cette fille, elle tente alors de soulever des montagnes depuis sa hauteur d'adolescente. D'abord, elle veut la cacher dans sa cave. Puis, elle alerte ses propres parents, demande de l'aide à une assistante sociale de secteur. En vain. On lui fait gentiment comprendre que c'est un peu trop gros pour elle.

Et un jour, la fille disparaît avec sa famille. Plus de nouvelles, plus aucune trace. Mais impossible d'oublier, un souvenir qui la ronge depuis.

Ce sera sa première leçon : quand on reçoit la violence d'une personne à travers ses confidences, si on ne peut rien y faire, et si on ne peut pas la partager à son tour avec un autre pour s'en défaire, elle vous pourrit jusqu'à l'os.

Un silence.

Gwen la volubile laisse son regard s'échapper en volutes dans le vague de cette année de premier cycle.

Elle poursuit le lycée jusqu'à un bac arraché de justesse, mais ce qui la tient surtout, c'est le théâtre qu'elle pratique en amatrice. Se mettre à la place des autres, y compris pour rejouer des drames sordides, il y a là comme une sorte d'exutoire. Son diplôme en poche, elle commence à animer des ateliers dans les quartiers difficiles des environs. Les grandes villes n'ont pas l'exclusivité des cités sacrifiées. Beaucoup de violence physique, ici, à laquelle il est impossible de s'habituer, qu'il est impossible de seulement comprendre. Elle contrebalance par des propositions de clubs, d'événements, d'échanges de paroles. Mais ce n'est pas assez, et après avoir essuyé l'ennui de deux tentatives de BTS, elle se décide pour des études d'éducatrice spécialisée. Trois ans de formation pour des possibilités qui semblent vastes, mais qu'il s'agisse d'aider jeunes, seniors, précaires ou personnes handicapées, c'est, de toute façon, tourné vers l'autre que ça se passe.

L'autre, dans un coin de la tête de Gwen, c'est encore l'enfant. L'enfance bafouée. Sûrement pour ça qu'elle double son cursus de travailleuse sociale d'une licence en sciences de l'éducation, pour intégrer l'aspect sociologique du problème et creuser plus avant.

Passionnée, celle qui n'était jusqu'alors qu'une élève dilettante se met à gratter à tout-va. Engranger. Apprendre. Noter. Trop, peut-être. Un psy, au cours d'un stage, le lui fait remarquer : « Qu'est-ce que tu retiens, finalement, des pattes de mouche dont tu noircis toutes tes feuilles ? » Pas grand-chose, il est vrai. Le prof a touché juste, et vient de l'ouvrir à un nouveau monde. L'écoute, l'observation.

Une façon d'être réellement connecté à l'autre qui va influencer Gwen dans ce travail dédié à l'humain auquel elle se destine. Parce que l'humain, c'est les yeux dans les yeux, une paupière qui cille, un silence, une attitude sont souvent plus éloquents que les mots. Désormais, quand elle devra aider quelqu'un, elle notera à peine plus qu'un numéro de téléphone.

À la fin de l'apprentissage, elle est embauchée par l'association Le Pont pour gérer les hébergements d'urgence des plus précaires. À l'époque, essentiellement des SDF et de jeunes routards qui font la manche, lorsqu'à présent le fléau se propage à tout un pan de la population en détresse psychique, sans critères de revenus, ni d'âge. Licenciement, dépression, séparation, fuite migratoire d'un ailleurs encore pire, crise sanitaire. Le champ possible des misères s'est élargi.

Seule donnée rémanente, aujourd'hui encore : lorsqu'il s'agit de prendre en charge une personne à la rue de sexe féminin, celle-ci, presque chaque fois, a subi des sévices ou des abus.

Un an après ses débuts sur le terrain, elle entend parler d'une art-thérapeute qui part à la rencontre de femmes victimes de violences, en prison d'abord, puis dans un foyer d'hébergement. Son but : les associer à des éducatrices et des actrices confirmées pour créer un spectacle restituant leurs trajectoires. Du théâtre pour et par des femmes en souffrance ? Ça l'interpelle, Gwen, et elle rejoint l'aventure. Elle a toujours favorisé les projets originaux. Elle s'investit à fond, et participe au montage de la pièce présentée à Paray-le-Monial.

Et là, comme un miracle.

Dans cette région où l'on affirmait haut et fort que les violences conjugales n'existaient pas, les langues se délient. Après chaque représentation, la jeune « éduc spé » laisse ses coordonnées, et des gens commencent à se manifester.

C'est d'abord ténu, comme un pas de côté. C'est pour la voisine de l'ami d'une connaissance, qui peut-être... Un on-dit. Mais lentement ça s'ébruite et les victimes finissent par s'adresser directement à elle.

L'une des premières est une femme élégante, parfaitement apprêtée, la cinquantaine. Durant une heure et demie, cette « Madame » tirée à quatre épingles va lui égrainer sans discontinuer un flot d'horreurs absolues. Viols et violences, sur elle, sur sa fille, tout y est. Gwen est obligée de l'interrompre. Elle ne peut pas en entendre plus, elle suffoque. Elle n'est pas préparée à ça, pas suffisamment formée.

Cette femme, elle ne la reverra plus, et s'en voudra de n'avoir pas su trouver les mots à l'époque.

Elle va vite rattraper son retard, apprendre les automatismes et devenir, petit à petit, experte de la question. De la question ou plutôt du drame qui se répète si souvent. Un conjoint en violente un autre, parfois jusqu'à l'issue fatale. Parfois en s'en prenant à ses propres enfants. Dans le domaine de l'horreur, il n'y a pas de schéma type, mais Gwen, à force d'expérience, peut désormais esquisser les contours des cas les plus communs.

Il y a des hommes comme des femmes, des personnes de toutes conditions sociales. Mais s'il est vrai que la violence se soucie peu du genre ou de la feuille d'impôt, l'écrasante majorité des victimes est de sexe féminin et vient d'un milieu modeste. Gwen note, en plus, que nombre d'entre elles semblent particulièrement dévouées aux autres, au point d'avoir choisi des métiers dans le domaine du *care*. Au point de croire, peut-être, qu'elles sont capables de sauver n'importe qui. Y compris l'être aimé, y compris s'il est monstrueux.

Pas de schéma type, donc, mais des parcours qui se ressemblent.

Souvent, cela commence par une authentique histoire d'amour. Au début, le futur conjoint violent se pare de tous les atours du fiancé éperdu, il couvre sa belle de cadeaux et la porte au pinacle. Tellement rare, en fait, tellement précieuse que très vite il ne supporte pas de la partager avec qui que ce soit. Insidieusement, il va l'isoler, la couper de tout.

Et tous les procédés sont alors employés. Financiers, quand certains ne donnent même pas de quoi acheter des serviettes hygiéniques à leur femme. Psychologiques, en la rabaissant, la dénigrant, la contrôlant, l'éloignant de ses amis et de sa famille. Physiques, enfin. Relations sexuelles non consenties, y compris au sein du couple. Et puis, les coups. Basiques, primaires, barbares, primitifs et sans appel. Tout est bon pour asservir celle qu'on aime. Qu'on prétend aimer.

Elle est désormais une dominée sous la coupe d'un dominant, au point d'en perdre la notion de son identité, vidée de toute volonté.

Sous emprise.

Ironie suprême, il arrive même à la victime de chercher à protéger son bourreau. Aussi, quand l'une d'elles se résout à tirer la sonnette d'alarme, le geste est aussi fragile qu'inespéré.

Qu'est-ce qui a motivé sa décision ? Le séjour de trop à l'hôpital ? Un enfant en danger ? Un simple déclic ? Qu'importe, enfin elle agit.

C'est là que Gwen intervient.

Généralement, ça commence par un coup de fil. Parfois il a transité par la plateforme du 3919, parfois c'est la police qui a fait suivre un signalement ou bien une autre association qui relaie, d'autres fois la personne a trouvé son numéro sur une plaquette du Pont, et l'appelle directement. Mais quel que soit le biais, la personne qui téléphone est une victime présumée.

Il n'y a pas d'heure, pas de règles, Gwen doit répondre présente, car elle va véritablement être son premier contact.

Certaines minimisent les faits, d'autres les grossissent, la plupart sont confuses et elle doit déterminer la gravité et l'urgence de la situation. Si l'échange reste téléphonique, parce que la personne ne veut pas ou ne peut pas se déplacer, elle va énormément parler pour garder son interlocutrice au bout du fil, ne pas la lâcher, jusqu'à obtenir un maximum d'informations. Si au contraire elle peut la rencontrer, elle va surtout écouter. C'est souvent mieux, car c'est la promesse de plus de détails, de plus de temps, la possibilité d'observer posément la personne en face.

Au moment où elle recueille ces premières paroles, Gwen se doit de rester neutre. Pas de jugement hâtif, pas d'épanchements excessifs non plus. Elle aurait envie de hurler parfois, mais ce n'est pas le but et ce n'est pas constructif. Elle est là pour collecter un maximum d'informations et dresser le tableau le plus précis possible. Exercice sur le fil qui demande d'impulser la confession, d'un côté, sans jamais orienter trop les aveux, de l'autre. Ils doivent demeurer spontanés. Pas loin d'un accouchement sans péridurale. On accompagne la femme qui enfante, mais on ne peut pas le faire à sa place.

Si l'une d'elles semble incertaine, si un doute subsiste, Gwen utilise le « violentomètre ». Mis au point en 2018, il s'agit d'un simple bout de carton sur lequel courent vingt-quatre degrés le long d'une règle graduée, découpée en trois segments progressifs, du normal jusqu'à l'insoutenable. La zone verte figure un couple équilibré, au sein duquel la confiance règne. On se respecte, on partage amis, famille, avis et décisions. En orange, jalousies, chantages et manipulations s'insinuent, la vigilance est de mise. Dans le rouge, tyrannies et châtiments ponctuent le quotidien. Humiliations, « pétages de plombs » à la moindre contrariété, menaces de suicide, diffusion de photos intimes, gifles, coups, actes sexuels forcés. Jusqu'à la menace par une arme. Il faut se protéger, demander de l'aide, appeler au secours.

C'est terriblement concret et, en entourant les exemples qui semblent leur correspondre, les victimes réalisent l'énormité de ce qu'elles endurent. Car le comble, c'est que, malgré leur désarroi, beaucoup ne se considèrent justement pas comme des victimes. Celles qui n'ont connu que ça se résignent à un calvaire qu'elles ont fini par supposer normal. D'autres s'estiment en partie responsables. Beaucoup ont honte. Toutes ont peur.

Mais, au moins, elles ont mis des mots dessus.

Une fois avéré qu'un drame authentique se joue, il faut inciter les victimes à y mettre un terme, sans les y contraindre. Elles doivent décider d'agir de leur propre chef. Pour des raisons légales, mais aussi parce que ce choix en conscience est la première étape vers une reconstruction possible.

Si l'une d'elles hésite encore, ce qui est fréquent, si malgré son appel au secours elle ne se sent plus de franchir le pas, Gwen s'autorise à jouer alors sur divers leviers. Non pas pour influencer la personne, mais pour lui donner à voir tous les tenants et aboutissants d'une situation sur laquelle elle-même n'a plus aucun recul. Le ressort le plus sensible est celui des enfants. S'il y en a, et si par bonheur eux-mêmes ne sont pas en butte à l'animosité du conjoint, les victimes ne soupçonnent pas toujours l'ampleur des dommages collatéraux effroyables qu'ils peuvent subir. Gwen leur expose le ressenti de l'enfant. Cris, rage, bastonnades et vaisselle qui vole imprègnent de façon indélébile le cerveau des plus jeunes, notamment celui des nourrissons. Ces déchaînements d'agressivité dont ils sont les témoins passifs peuvent causer des dégâts psychologiques irrémédiables. Cette prise de conscience n'a pas forcément d'effet immédiat sur toutes, mais la graine d'un doute est plantée. Et pour la plupart des mères, cette idée peut avoir valeur d'électrochoc. Celles qui étaient persuadées d'épargner leur enfant en se taisant, en ne protestant pas, comprennent soudain que leur silence, au lieu de protéger l'enfant, le met en danger.

Il faut le sauver, et donc se sauver soi-même. Il faut fuir ou dénoncer le crime aux autorités. Souvent les deux.

Une décision extrêmement difficile. En moyenne, on comptabilise sept tentatives avortées avant qu'une femme battue ose finalement déposer plainte dans un commissariat en France. Plutôt dix ou douze, d'après l'expérience de Gwen. Mais si une seule va au bout, c'est déjà ça de gagné.

Pour autant, même résolues à briser un cycle infernal, la plupart des victimes n'envisagent pas le jour d'après. Elles ont perdu toute notion d'avenir, et Gwen s'efforce de leur faire entrevoir un futur possible. Elle va pour cela cartographier toutes les options, droits et moyens à leur disposition, au cas par cas. Madame est-elle mariée à Monsieur ? Est-elle locataire ? Copropriétaire ? A-t-elle un travail ? Des amis, de la famille chez qui aller ?

Très souvent Madame n'a pas grand-chose, et il faut anticiper les conséquences d'un départ. Garde d'enfants, abandon du domicile, tribunal. Ça va très loin très vite, et rien ne doit être laissé au hasard. S'il y a eu des coups récents, Gwen tente de convaincre la personne de consulter un médecin. Les jours d'ITT posés seront cruciaux dans les demandes et procédures à venir. Si la position de la victime est précaire, elle lance de multiples demandes de type CAF, CMU, voire titre de séjour. Mieux vaut aussi prévoir un avocat pour les conflits ultérieurs.

Pas exactement la perspective d'un conte de fées, mais du concret, du tangible. Et l'idée qu'elles puissent reprendre la maîtrise de leur vie.

Des bases que posent Gwen et qui seront prises en charge par d'autres. Car avant toute chose, sa mission à elle consiste à mettre la victime en sécurité. L'éloigner du danger.

Quelques victimes resteront chez elles parce qu'elles le peuvent, que la loi les y autorise, que le bail du logement est à leur nom, qu'elles ont les ressources nécessaires, et que le coupable peut être écarté de façon certaine. C'est la version positive. Rare, mais positive. Le reste du temps, elles doivent partir. Sans rien et sans prévenir, parfois en laissant leurs enfants derrière elles. Le cas le plus fréquent.

Et alors qu'en France l'éviction du conjoint violent a été adoptée par la législation, dans les faits c'est en général la personne persécutée qui quitte le foyer pour fuir vers l'inconnu. Il faut donc trouver à la loger en urgence, en fonction des moyens que bien souvent elle n'a pas, mais surtout veiller à ce que son tortionnaire ne puisse pas la retrouver, ni avoir accès à elle.

Gwen va chercher elle-même la victime lors d'un rendez-vous convenu. Parfois nocturne, souvent en cachette. À ses débuts, elle a pris quelquefois le risque d'y aller seule, sans policiers, sans gendarmes, sans prévenir personne et il lui est arrivé de tomber nez à nez avec un mari violent. Une fois même, l'homme était armé. Elle s'en est sortie, mais le souvenir du fusil de chasse dans les mains du type en face est resté longtemps imprimé dans son esprit. Elle sait qu'elle a eu de la chance et elle s'est promis de ne plus commettre cette erreur. Désormais, elle respecte les critères mis en place par la Direction départementale de la cohésion sociale pour évaluer la dangerosité de la situation en amont.

Parce qu'il faut comprendre que ces hommes, dans leur folie, sont prêts à tout pour remettre la main sur celle qui a « osé » les abandonner, et qui, pensent-ils, leur appartient. Prêts à tuer. Leur compagne, leurs enfants, ou toute personne qui se mettra en travers de leur chemin. Une folie qui tend à atteindre son paroxysme la première semaine suivant le départ.

La menace peut être alors extrêmement élevée et une course contre la montre s'engage, comme un mauvais thriller. Les conjoints « trahis » savent se montrer infiniment retors pour retrouver leur « proie » et il faut rivaliser d'inventivité pour les distancer. Il y a urgence ! La personne qu'elle protège ne doit pas payer en carte bleue, doit changer de carte SIM pour éviter la géolocalisation, ne doit pas donner ses coordonnées aux amis, à la famille, ne pas même les appeler, déménager régulièrement. Tous les ingrédients du film d'espionnage y passent, mais sans le milliardième des moyens alloués à une agence de renseignement. C'est du bricolage, du bon sens et de l'entraide. Et surtout un réseau.

Seule, Gwen ne peut pas agir. Et sans les bons interlocuteurs, elle ne peut pas agir vite. Médecins, policiers, avocats, assistantes sociales, antennes de CAF ou Sécu, bailleurs sociaux, pompiers, procureurs, tous ont un rôle à jouer, mais il ne suffit pas de piocher au hasard dans l'annuaire. Tous ne sont pas à la hauteur de l'enjeu, et la plupart exercent encore leur métier de façon trop cloisonnée. Dans des campagnes où les distances semblent étirer le temps, la nécessité de tisser une chaîne d'entraide efficace et ramassée est déterminante. C'est la clef de voûte de l'action de Gwen.

Pour ça, elle a d'abord étoffé son carnet d'adresses, biffant d'un trait les mauvais collaborateurs, les bougres de mous qui se contentent d'un minimum syndical, et a appris à ne solliciter que les bons, les impliqués, les ouverts d'esprit. Pas de règle autre qu'humaine, et c'est bien le problème, pas le luxe ici pour ce genre d'incertitude. Trop risqué quand une vie est en jeu. Finalement, elle a monté un réseau VIF, en partenariat avec une élue locale. VIF pour Violences Intrafamiliales. Un maillage officiel et organisé de professionnels prêts à intervenir aussitôt qu'une mise en danger est déclarée.

Pour bien faire, ces réseaux doivent s'appuyer sur un porteur et, d'après Gwen, les mieux placés pour tenir cette place seraient les maires des communes. Dans ces zones rurales où l'isolement accroît le danger, ils sont en première ligne. Ils ont vent des histoires sombres au sein de leur circonscription, ils savent les querelles de clochers comme les secrets derrière les portes des villages. L'implication de ces lanceurs d'alerte permettrait, elle en est sûre, de multiplier le nombre d'interventions, comme de réduire leur lenteur. Ce serait bien plus efficace.

Mais pour ça, il faut réussir à toucher ces élus locaux, les impliquer, les former au besoin. Aujourd'hui, malgré certaines bonnes volontés, c'est malheureusement rarement le cas. Convaincre les maires de prendre ce réseau en charge, c'est un peu son dernier combat sur le sujet. Gwen soupire. Comme un brin de lassitude.

Pendant des années, elle s'est évertuée à sécuriser des victimes, à raison de six à huit par mois. Durant la crise Covid, au moment du premier confinement, c'est passé à six à huit… par semaine ! Parce que les types, privés de la soupape du bistrot, « décompressaient » alors sur leur femme.

Elle sait qu'elle n'a pas pu sauver tout le monde. Certaines ne l'ont jamais rappelée, d'autres sont reparties à la merci de leur bourreau, quelques-unes ont changé d'oppresseur. Mais chaque fois qu'elle a pu mettre une personne à l'abri, elle s'est sentie soulagée, même en sachant combien, ensuite, le chemin pouvait être long vers une reconstruction et un semblant d'avenir. Le boulot n'est jamais fini.

Son métier, elle le connaît. Elle sait les soirs de match où le standard va exploser, parce que, quel que soit le résultat de la rencontre, Monsieur voudra « fêter » ça aux dépens de Madame.

Elle sait qu'elle n'est pas la seule et qu'ils sont nombreux à agir comme elle. Et si elle peste contre certains policiers qui n'ont pas reçu une troisième plainte par paresse ou par machisme, elle sait gré à ceux qui houspillent leurs troupes pour assurer d'un accompagnement digne de ce nom chaque victime, comme cet adjudant de gendarmerie avec qui elle collabore souvent.

Elle sait maintenant que, si elle a toujours évité d'en parler en famille pour ne pas contaminer son foyer de toute cette noirceur, elle peut (et qu'il faut pouvoir !) compter sur ses collègues, s'autoriser à se confier après un drame. Ne pas garder le poids pour soi toute seule. « Poser ses valises. »

Elle ne schématise pas et elle sait qu'il arrive aussi à des hommes d'être du côté des victimes, comme elle sait que certains bourreaux sont parvenus à changer. Elle en a suivi certains pour obligation de soins, cela fait partie de ses attributions.

Elle veut continuer de croire que la violence n'est pas naturelle, qu'elle n'est pas le propre de l'homme, et que ce sont les accidents de parcours qui donnent vie à ces monstres. Personne ne naît comme ça. Avec une telle agressivité en soi.

Mais ce qu'elle ne sait pas, ce qu'elle ne comprend pas, c'est pourquoi les « grands » au-dessus, les institutions et les politiques, traînent autant à prendre le problème en main. « Le taureau par les cornes, bon sang ! »

Plus encore que la violence sans cesse épongée, c'est ce qui a achevé de la décourager. Dur de tenir haut cet engagement avec un salaire si maigre, un rythme si fou et un danger si fréquent. Marre de se battre contre des moulins sans réel soutien des institutions, sans organisation, sans argent, sans mesures efficaces. Elle a fait des stages au Québec pour se former, et a découvert une tout autre approche. Là-bas, quand une victime demande de l'aide, la police va aussitôt voir le présumé coupable. Non pas pour l'enfermer sans procès en prison, mais d'abord pour l'éloigner, lui, du foyer. Préventivement. Si le danger est avéré, il est méticuleusement pris en charge, par des psys, des addictologues ou autres, et astreint à un suivi personnalisé sur la longueur. La situation est d'emblée prise au sérieux. En France, les injonctions de soins se résument trop souvent à suivre un simple groupe de paroles. Quelques séances communes, plus suggérées qu'imposées, au cours desquelles un tyran avéré peut sans mal donner le change, où il est libre de parler ou non, d'introspection ou pas, et dont il se tire en général blanchi, pour mieux recommencer. Aussi propre qu'après un stage de rattrapage pour permis à points.

Des années qu'elle fait ça, Gwen, et elle a comme une envie de changer. Pas radicalement, mais de bifurquer. De se retrouver.

Elle va revenir à ses premières aspirations, se tourner vers l'enfance cabossée. Elle suit un cursus de praticienne en psycho-pédagogie positive et, en attendant de lancer sa boîte, elle se retrouve invitée dans des collèges pour avertir, informer. Sans qu'elle le cherche, ces échanges avec les élèves glissent toujours au final vers les terrains de la violence et du sexisme. On y revient. Encore. Au moins, en prenant le mal à la racine, elle se sent plus utile.

La dernière fois, le prof qui l'accueillait semblait surpris que ces ados, d'habitude si dissipés, soient restés si attentifs, trois heures durant, face à celle qui était encore « éduc spé ». Il lui a demandé son secret et Gwen, dans un sourire, lui a répondu : « Ben, j'écoute ce qu'ils ont à me dire. Tout simplement. »

L'enseignant en est resté bouche bée.

La porte s'est refermée avec, derrière Gwen, l'ombre rasante d'une jeune Anglaise, miséreuse et misérable. Une fille qu'elle aurait aimé sauver.

Plus tard, avant de se quitter, on est retournés chez elle, dans la pampa, au milieu de rien.

Sa petite dernière, frais émoulue de CP, a passé la soirée à s'enrouler autour de ses jambes, lovée sur sa poitrine. Les yeux lui piquaient, besoin d'aller au dodo, sauf qu'il y avait ce conte qu'elle avait lu ou regardé, qui lui avait fait peur parce que ça finissait mal pour l'héroïne. À cause d'un méchant roi, ou peut-être d'un loup.

Gwen s'est excusée et nous a salués. Et elle a porté la princesse dans son lit afin de la rassurer, de veiller sur elle.

Pour qu'il ne lui arrive rien.

L'emprise

« Doncques c'était le but de ta malice
De m'asservir sous ombre de service ?
Pardonne-moi, Ami, à cette fois,

Étant outrée et de dépit et d'ire ;
Mais je m'assur', quelque part que tu sois,
Qu'autant que moi tu souffres de martyre. »

Louise Labé

Gwen, heureusement, n'est pas seule à s'investir avec autant de ténacité. Nombreuses et nombreux sont celles et ceux qui se démènent pour aider les autres. Des bénévoles, des forcenés de l'assistance sociale, des militants engagés, des bonnes volontés d'horizons variés qui, tous, savent la fréquence des cas auxquels ils sont quotidiennement confrontés. La fréquence des cas et, très souvent, leurs similitudes.

À l'inverse, chacune des victimes a généralement le sentiment de vivre une situation unique.

Seule au monde, sans doute, à subir un tel drame, impossible de le faire comprendre à autrui, isolée dans sa détresse, et en fin de compte démunie.

Quelques rares personnes touchent aux deux versants du tableau. Des personnes qui ont été elles-mêmes victimes, profondément destabilisées, esseulées, et qui décident de secourir les autres.

Il faut un sacré courage pour faire ça. Avoir été au front, avoir tremblé en permanence, avoir craint pour sa vie ou celle de ses enfants, mais repartir malgré tout sur le champ de bataille et se replonger dans l'horreur pour épauler des inconnues, c'est une attitude qui force le respect.

J'ai eu l'honneur de rencontrer une personne de cet acabit.

SOS Violences conjugales est une association destinée au suivi et au soutien des victimes d'abominations intrafamiliales de toutes sortes. Depuis plus de trente ans, elle est basée à Brive-la-Gaillarde, possède une antenne à Tulle et son action rayonne loin alentour. Elle accueille indifféremment des hommes, des enfants et des femmes, mais... pas dans les mêmes proportions.

Les femmes victimes, suivies des enfants, sont très majoritairement représentées, si bien que l'association a créé une antenne qui leur est dédiée : Inform'elles.

Peu de temps avant le Grenelle des violences faites aux femmes, en 2019, le préfet de Corrèze est venu trouver celle qui présidait l'association depuis dix ans, Georgette Chastanet. Monsieur le préfet avait une idée en tête.

Pour faire écho à l'événement, et impliquer la population locale, il lui semblait pertinent qu'une victime de violences témoigne. Qu'elle explique avec ses mots ce par quoi elle était passée, afin que les gens comprennent.

Georgette lui a opposé un refus catégorique. Hors de question de demander une telle chose à une seule de ces femmes, ce serait leur rappeler un traumatisme encore bien trop vif. Plus grave, ce serait courir le risque qu'un conjoint ou ex-conjoint, furieux de cette prise de parole, cherche à se venger de celle qu'il a déjà violentée. Mille fois trop dangereux.

Mais alors qui ?

Georgette a marqué un temps, le temps qu'un léger nuage voile brièvement ses yeux, puis elle a fait un pas en avant vers le représentant de l'État. Le regard planté dans le sien, elle lui a dit :

« Moi, monsieur le préfet. Moi. Je vais le faire. »

Un ange est passé.

« Vous ? Mais pourquoi vous ? »

Avant de comprendre.

La plupart l'ignoraient, y compris au sein de l'association, mais oui, Georgette avait été victime de violences conjugales pendant des années. Battue par son mari, violentée, humiliée et rabaissée par le père de ses trois enfants. Quinze ans durant.

Qui aurait pu croire ça en regardant cette grande femme de plus de soixante-dix ans, dynamique et solide, qui avait été maire de sa commune pendant vingt ans ? Et qui l'aurait cru, il y a quarante ans ? À une époque où l'on n'écoutait pas les victimes ?

De fait, elle n'en avait quasiment jamais parlé à personne.

Ce jour-là, entourée d'élus et d'associations, face à la presse locale, Georgette a lu le texte de deux pages qu'elle avait écrit avec soin, pour livrer tout un pan de son passé. Deux sobres pages pour dévoiler des années de souffrances. Celles et ceux qui la connaissaient n'en revenaient pas.

Un an plus tard, Michèle Reliat, que je connaissais comme conseillère départementale depuis que nous étions installés en Corrèze, m'apprenait qu'elle était aussi vice-présidente de l'association SOS Violences conjugales, et qu'elle aimerait m'inviter à participer à l'hommage annuel rendu aux victimes de féminicides, à l'occasion de la Journée mondiale des violences faites aux femmes. Cet hommage se tenait dans un square à la Roseraie de Brive, devant la stèle dressée en mémoire des disparues. Sur cette stèle est gravé le poème d'une victime anonyme. Un poème en prose simple dans lequel la femme explique avoir reçu des fleurs de la part de son compagnon, pas pour son anniversaire, mais pour s'excuser de l'avoir humiliée, puis des fleurs à nouveau pour s'excuser cette fois de l'avoir frappée. Elle finit par recevoir encore des fleurs mais cette fois pour sa tombe, il l'a tuée.

J'ai lu le poème dans un grand silence. Au cours de la cérémonie qui a suivi, j'étais aux côtés de Georgette. Très vite, je l'ai sentie faible, chancelante. J'ai passé mon bras sous le sien et nous nous sommes arrimées l'une à l'autre. C'était la première fois que je la rencontrais, mais nous nous étions trouvées immédiatement, comme deux qui se connaissent depuis longtemps. Il n'est pas toujours besoin de mots pour tisser des liens forts.

Quand, plus tard, elle m'a raconté son histoire, elle m'a dit qu'en voyant cette pierre, en imaginant le trou dessous, elle s'était dit que ç'aurait pu être elle dedans.

Avant de devenir présidente de l'association SOS Violences conjugales, Georgette avait été maire à trois reprises de sa commune de

Saint-Julien-Maumont. Et avant cela, elle avait été sous la coupe d'un mari violent, qui s'était acharné à lui faire croire qu'elle n'était qu'une moins-que-rien.

Comment passe-t-on de moins-que-rien à élue locale, puis à présidente d'association ? En voilà une histoire. Georgette n'a pas toutes les réponses, mais une certitude : si au milieu des légions de victimes chaque année elle a pu s'en sortir de cette manière, c'est parce qu'elle a eu de la chance.

Cette histoire ressemble à des milliers d'autres, sauf que c'est la sienne. Elle sait de quoi elle parle et elle sait qu'elle en a réchappé. Que c'est possible.

Cette histoire triste, elle nous la raconte en mots simples, le rire dans la voix, et la voix toujours près de se briser au détour d'un souvenir trop âpre, chaque fois qu'une cicatrice se rouvre pour les besoins du récit. Bombardée d'émotions contradictoires. Elle a beau s'échiner depuis des années au service des autres, en convoquant les fantômes du passé elle a réveillé une douleur lourde à surmonter.

Mais parce que c'est important pour les autres femmes, pour sa petite-fille, pour ses fils, elle s'y astreint. Parce que Georgette est de cette trempe-là.

Georgette Chastanet

> « Le diable est bon danseur, sinon personne ne le suivrait sur la piste. »
>
> Virginie Despentes

Georgette Chastanet est née en 1950 dans le Lot. Ses parents, agriculteurs modestes, vivent d'un peu d'élevage, veaux de lait et vaches laitières, en plus du labeur aux champs. Revenus modiques et besogne constante pour maintenir la petite exploitation à flot. Ces catholiques par tradition, non pratiquants, suivent en réalité un seul credo, qu'ils consacrent eux-mêmes « le bon sens paysan » : travail, honnêteté et respect des autres. Des valeurs simples inculquées à Georgette, ses deux sœurs et son frère. De quoi, normalement, faire une vie.

Des principes enracinés, depuis, en chacun de ses gestes.

Avant les principes, il y a de l'amour dans cette famille. De l'amour pour les enfants, comme des liens forts entre le père et la mère, même si rarement démonstratifs. Peu enclins aux effusions, ces deux-là se témoignent leur tendresse mutuelle par des gestes discrets, comme des graviers qu'on jette sur la vitre pour attirer l'attention de quelqu'un. Lui, par exemple, se lève tous les matins le premier et prépare le café pour sa femme. Sans la réveiller surtout, il verse le sucre dans sa tasse et, le plus précautionneusement possible pour ne pas faire de bruit, il touille, avant de déposer le breuvage sur la table de nuit et de partir pour la grange. Ce papa, Georgette l'adore. Même taiseux, il est droit, il est juste, et une infinie bonté flotte en continu au fond de son regard.

Elle aime également sa mère, robuste, fidèle au poste, capable aussi bien de tenir le foyer que d'aider aux foins, mais les rapports sont plus difficiles. Entre autres parce qu'elle traite le frère avec bien plus d'égards que les trois sœurs. Tout le monde le sait, tout le monde le voit, mais seule Georgette le dit. Pas encore féministe pourtant – à vrai dire, elle serait même à l'époque incapable d'épeler le mot – mais déjà gentiment rebelle, ça oui. Et lorsque son frère reste calé confortablement sur son banc, réclamant qu'une des filles lui apporte le fromage à table, elle renâcle. Qu'il se lève et le fasse lui-même, elle n'est pas sa boniche. « Pas son travail », répond le frangin. Le ton monte, et l'escalade n'est évitée que parce que la mère se précipite pour apporter le plateau à son fils, sans tenir compte des réprimandes de sa fille. Un sujet de discorde qui revient souvent, et finit par donner lieu à un petit cérémonial. Ainsi, quand la mère fait mine, une fois de plus, de ne pas entendre sa fille qui la tance au sujet de sa préférence marquée envers l'unique garçon, Georgette fonce jusqu'au bout de la terrasse et, une fois à bonne distance, se retourne avec les mains en coupe, façon porte-voix, pour lui crier : « Ce n'est pas juste que tu sois plus gentille avec le frère ! PAS NORMAL ! » La mère, comme un réflexe, et comme seule repartie, se rue alors vers le placard pour en sortir le balai en paille de riz. Menaçante (terrible !), elle le brandit à l'adresse de sa fille, l'obligeant à dévaler les marches qui mènent au refuge de la cour.

Dans la cour, Georgette du haut de ses quatorze ans, attend que la tempête s'éloigne.

Le conflit n'est pas feint, mais il y a aussi comme une complicité à travers ce pas de deux rodé. Si le balai l'a menacée maintes et maintes fois, il ne l'a jamais touchée et, d'ailleurs, l'évocation de sa jeunesse est pour l'essentiel heureuse.

Cette jeunesse elle s'en défait peu à peu et, après le lycée, décroche le diplôme de secrétaire qui lui permet d'entrer directement comme stagiaire au bureau municipal de Collonges-la-Rouge. Un moyen d'échapper un peu au monde agricole, ce qui lui convient assez bien. Néanmoins, elle vise de reproduire le modèle qu'elle a eu enfant, entre bonheur ordinaire et valeurs stables.

Et même, pour elle qui n'a encore jamais connu d'homme, si elle pouvait en rencontrer un à l'image de son père, ça lui irait parfaitement.

Ça ne va pas, bien sûr, se passer comme ça.

Le type joue avec le frère de Georgette dans une fanfare. Agriculteur, comme leurs parents, charmeur et charmant, pas avare en conseils pour les autres qui l'écoutent avec respect, fidèle à la messe chaque dimanche. Un gars dans les clous. En plus, l'un de ses frères va se mettre en ménage avec une sœur de Georgette, alors…

Sans avoir été dans les bras d'aucun autre homme, Georgette, qui vient de fêter ses vingt ans, va épouser celui-ci.

Le jour de son mariage, sans savoir pourquoi, elle pleure en silence. Deuil de l'enfance ou prémonition, aujourd'hui encore elle ne s'explique pas ce flot de larmes qui inondent ses joues. Elle devrait être heureuse pourtant, elle est « casée ». Mais c'est plus fort qu'elle, comme une intuition qui la submerge.

Pour leur voyage de noces, c'est à Lourdes que son époux l'emmène. Une chambre quasi monacale composée de deux lits jumeaux. Pas exactement l'idée qu'elle se faisait d'une chambre nuptiale, mais si elle tique, Georgette ne dit rien. Pas non plus l'idée qu'elle se faisait de l'amour dans un lit quand, plus tard, rentrés chez eux, ils passent à l'acte. Zéro tendresse là-dedans, rien que de la bestialité. Elle a l'impression d'être une planche en bois, un bout de viande, qu'on utilise à l'instar d'un outil ou d'un objet. Là non plus, elle ne dit rien. Elle n'a aucun élément de comparaison. Et puis, même s'il est plus petit qu'elle de quasi une tête, elle n'oserait pas vexer cet homme de dix ans son aîné. Plutôt que d'émettre une remarque, un reproche, elle s'applique à ignorer ces signaux d'alerte. Tant et si bien que, quand son mari commence à mal lui parler, elle ne l'a pas vu venir.

La noce a eu lieu en mars, et déjà en août, alors qu'elle est enceinte de son premier fils, ça bascule.

Pour la fin de l'été, ils sont conviés à un repas dans la famille de Georgette. Le mari refuse net de s'y rendre, au prétexte que « sa famille à elle ne vaut rien ».

Cette fois, Georgette comprend qu'il vient de mordre le trait, mais elle ne soupçonne pas à quel point cela peut être, et sera pire. Au début, chaque saillie, même infamante, est tellement énorme qu'elle est vécue comme un accident. Tellement excessive que ça ne peut pas être une habitude.

Mais ça se dilue, ça s'instille, et ça se pose bientôt comme le seul mode de communication.

Les réflexions désobligeantes se multiplient. À peine enrobées d'un vernis de politesse les premiers mois, mais sans plus aucun filtre en moins d'un an. Désagréables, sans délicatesse et sans prévenir. « Les talons qu'elle porte, est-ce bien nécessaire ? Ça attire l'œil, sans compter que ça ne l'arrange pas du tout. Déjà que… Et puis, les jupes trop courtes, les chemisiers qui bâillent trop larges, nom de nom, ça fait beaucoup de provocation pour une seule tenue. » Une fois la garde-robe refaite, le vestiaire aseptisé, vient le tour des amies. « Est-ce vraiment utile de les voir si souvent ? La plupart sont très pénibles, avouons-le. Sans conversation, sans esprit, sans rien. » La famille est déjà quasi écartée elle aussi, et quand les ponts sont coupés avec l'extérieur, il ne reste plus qu'à accabler

Georgette. « Mais qu'est-ce qu'il fiche avec cette femme aussi nulle en tout ? Nulle en cuisine, nulle au travail, nulle avec les enfants. Nulle et personne. »

Plus dur encore que certains mots, il y a le mépris. Il peut passer une semaine sans lui parler, sans paraître la voir. Bientôt il ne l'appelle plus par son prénom, ne la nomme plus du tout, elle n'existe pas. Il la nie.

Deux ans qu'ils sont mariés et déjà deux enfants. Malgré ses deux grossesses, Georgette a perdu quinze kilos. Parce qu'elle était enceinte ou parce que les deux fils étaient trop petits, il n'a jamais levé la main sur elle. Mais ça aussi, ça va changer.

La première gifle, elle ne s'en souvient pas. Tellement soufflée qu'elle a dû croire à une erreur. Une illusion, peut-être. La sidération. Mais ça revient, et une routine mortifère s'instaure. Des gifles, des coups. Pour la faire taire. Pour ne pas avoir à répondre, à causer. Des points finaux chaque fois collés sur le visage de sa femme pour la réduire au silence, la faire disparaître. L'anéantir. Il est capable de la traîner au sol par les cheveux sur toute la longueur du couloir, si frapper n'est pas assez.

Ça fait mal, oui, mais pire que les coups, il y a le sexe. Contraint toujours, forcé, pour son seul plaisir à lui. Et de préférence à la suite des coups, comme pour effacer l'ardoise. Sorte de dialogue diabolique mené entre lui et lui : il profère les menaces, il distribue les baffes et les mauvais points et il prône ensuite la réconciliation.

Il faut donc morfler, s'en prendre plein les dents, et dans la foulée s'allonger, même raide et endolorie, pour satisfaire monsieur. Et même là, ce travail de sape quotidien, ce n'est pas ce qui la brise le plus. Le corps, à force qu'il soit bafoué, violenté, on finit par s'en détacher. Ce qui est insoutenable, c'est que la conscience de soi s'étiole en même temps. Georgette ne subit pas l'emprise comme d'autres victimes, qui ont encore des sentiments pour leur compagnon, et qui culpabilisent. Si elle a jamais eu l'once d'un sentiment à son endroit (elle en doute aujourd'hui), elle s'est très vite détachée de cet homme mauvais. Elle ne l'aime pas, ne l'aime plus, mais elle s'aime peut-être elle-même encore moins. Il a fini par la convaincre qu'elle était une nullité. Moche, stupide, incompétente. Pas une femme, mais une chose, à peine. Sa chose à lui.

Au cours de ses premières années de mariage, par instinct de survie, elle met en place une stratégie d'évitement. Elle jette toutes ses forces dans la bataille avec ce seul objectif : éviter. Éviter les coups, éviter le mépris, éviter que ses enfants souffrent trop. Éviter que ça empire. Jusqu'à épuisement.

Comment sortir de ça ?

L'un de leurs voisins est gendarme. Elle a tâté le terrain, discrètement, avec lui. Le gardien de la paix lui a fait remarquer qu'« une ou deux gifles à l'occasion, ça ne fait pas de mal ».

Elle fait une croix sur la gendarmerie.

Sa famille n'habite pas très loin, et ils ont deviné, ils savent, mais dans cette campagne des années 70 on ne se mêle pas des affaires des autres. Sa propre mère enjoint même à Georgette de ne pas répondre, ne pas l'énerver. On débarrasse en silence le repas préparé avec soin, on repasse le linge quand il faut et on se tait. On s'assied sur le tabouret. Ou plus exactement on devient le tabouret. Un paquet qui incommode et qu'on oublie. Qui n'a pas son mot à dire.

Le seul qui ait osé intervenir, une fois, c'est son père. Tellement furibard de voir le visage tuméfié de sa fille qu'il voulait en venir aux mains, prêt à assommer son gendre. C'est son propre fils qui l'a arrêté : « Papa, si tu fais ça, on ne sait pas ce qui peut se passer. » L'époux, « cet hypocrite qui prétend aller à la messe mais n'est rien qu'un bandit », s'est quand même fait traiter de tous les noms. Tellement qu'ensuite, sonné, il a confessé à Georgette que « personne ne lui avait jamais parlé comme ça ». Les dents serrées, meurtrie, elle a eu la force de rétorquer : « Sûrement qu'on aurait dû. »

En silence, l'époux a souri.

Du fond de sa détresse, pour en finir avec ce despote qui lui tient lieu de mari, Georgette passe en revue tous les scénarios. Elle ne craint pas de périr sous les coups. Non parce qu'elle est bravache, mais parce qu'elle sait qu'il a trop peur de la prison. Plus étonnant, « monsieur tient à sa réputation » et ne se risquerait pas à l'entacher, même à bout. D'ailleurs, lors des rares sorties à l'extérieur, jamais un mot de travers pour sa femme. Devant les autres, il l'encense, la complimente. L'épouse parfaite à tout point de vue, et le couple idéal. Personne ne sait ce qui se passe sous leur toit, et les rares qui flairent le drame préfèrent refermer leur porte plutôt qu'aller au-devant d'ennuis.

Ultime alternative : se faire justice soi-même. Pour que ça cesse. Elle y a vraiment pensé. Mais quoi ? C'est elle qui finirait derrière les barreaux. Abandonner ses fils ? Impossible. Quant à le quitter, ce n'est pas une option, car les enfants seraient alors entre les mains de ce salaud.

Des enfants, elle en a maintenant trois, trois garçons. Le père n'a jamais levé la main sur eux, mais ne se gêne plus pour démolir leur mère sous leurs yeux. Ils savent, ils voient, et l'aîné se fait le serment que, quand il aura quatorze ans, il crèvera ce père infâme. Pour prévenir un tel acte et empêcher qu'ils épongent ces horreurs, Georgette les envoie en pension sitôt qu'ils ont l'âge de rentrer au collège. Mais le mal est fait, et son fils aîné refusera toute sa vie d'avoir un enfant à son tour.

Une dizaine d'années s'enchaînent comme ça, dans un brouillard poisseux. Elle est plongée dans un sablier géant d'une infinie lenteur, où chaque grain de sable figure un jour de trop, comme une goutte d'acide qui viendrait brûler la peau.

Les sensations qu'elle détaille font mal. L'impression qu'on la découpe en rondelles, qu'on la broie, qu'on la passe à la lessiveuse. On la rince, on l'écrase. Elle devient translucide et se dissout.

À chaque fin d'année, pour les fêtes, le 31 décembre, Georgette fait un immense nettoyage. Toute la maison y passe. Et elle imagine à cet instant sa vie comme un cahier d'écolier, avec le fol espoir que le 1er janvier les pages en redeviennent, comme par enchantement, vierges et blanches. Mais rien n'y fait, au bout de deux ou trois jours, son cahier imaginaire est gribouillé de partout, taché, les pages déchirées. Le cauchemar reprend sans cesse.

Elle tient pour ses enfants, mais sa planche de salut vient de son travail. Un travail loin de la ferme, loin de son mari, au poste de stagiaire secrétaire à la mairie de Collonges-la-Rouge. C'est sa soupape. Quand elle est au bureau, elle oublie, elle se concentre sur ses tâches. Et si, quand elle rentre le soir, elle veut rebrousser chemin, et croit parfois entendre sa voiture lui enjoindre dans un murmure : « N'y va pas, ne rentre pas », elle reprend la route du calvaire pour ses trois fils.

Pour survivre, elle entretient sa stratégie de l'évitement, mais en secret elle va se fixer des buts. Modestes en apparence, mais énormes en réalité. Un par un, consciencieusement. Pour s'offrir l'espoir d'un horizon.

Le déclic intervient quand un supérieur lui fait remarquer qu'elle ne peut pas rester stagiaire toute sa vie et que, si elle veut devenir un jour titulaire, il faudrait passer d'autres concours.

Risquer de perdre sa situation et de se retrouver collée à la ferme avec lui ? Elle n'ose même pas y penser. Alors, oui, elle va passer ces concours. Les décrocher sera son premier but. Ce métier à l'extérieur du foyer est tout ce qui la tient debout, donc elle va s'y accrocher comme à un rocher.

Suivent deux ans de cours par correspondance, deux ans à se lever à 6 heures pour préparer la maison, les enfants et, après la journée de travail, rebelote le soir, entre dîner et devoirs, pour finir par bachoter, parfois jusqu'à 3 heures du matin. Le rythme est rude et les études en solitaire ardues. Mince, les maths ce n'est pas son truc, mais hors de question de rater les épreuves pour une seule matière et elle passe l'été à retrouver tous les jours une cousine qui lui explique les exercices d'algèbre qu'elle ne comprend pas.

L'autre, l'époux, ne lui interdit pas de bûcher. Ça le ferait presque rire de la voir s'user les yeux jusqu'à pas d'heure. Il la croit tellement inapte à tout qu'il n'envisage pas une seconde qu'elle décroche le précieux sésame vers une titularisation.

C'est ne pas connaître sa femme, qui réussit l'examen.

Une victoire folle car, en plus de la promotion à la clef, elle se rend compte que ce concours, elle l'a obtenu sans son aide. Elle est capable.

Elle a trente et un ans, et l'idée de ce qu'elle vient d'entreprendre va l'amener à recouvrer un peu d'estime d'elle-même. Elle commence à refaire surface, à regagner du terrain, jusqu'à oser le menacer une fois (pour la première fois !) de le quitter en emmenant les enfants. Ses actes ne suivront pas les mots, mais au moins elle franchit des paliers. Elle peut maintenant lui dire en face qu'elle n'est pas la personne qu'il lui a dépeinte pendant des années. Mieux, elle se découvre une qualité insoupçonnée : elle a du courage ! Et du courage il en faut car, non content de dénigrer sa femme en permanence, le bougre d'homme n'aide pas aux dépenses du ménage. Il verse cent francs à peine par mois, du bout des doigts, pour les traites de leur petite propriété. Le reste, tout le reste, c'est elle qui l'assume : nourriture, électricité, vêtements, école. Ça aussi, elle ose enfin le formuler.

Mais ça ne suffit pas, et elle va passer la vitesse supérieure en se fixant un second but. Ce mépris dont elle a tant souffert, elle va le renvoyer au visage de son tyran. Forte et fière de son travail en ville, loin de la maison, elle décide à son tour de l'ignorer. Que la morgue écrasante change de camp. Elle ne lui parle plus, ne se donne plus la peine de mettre son couvert à table. Quand le mari tente le coup de la jalousie, laissant entendre qu'une maîtresse l'attend quelque part, bien meilleure et disposée à repasser ses chemises, Georgette répond avec calme : « Tu ne sais pas, je vais te faire un paquet. Surtout, tu le rapportes plié, parce que moi j'ai autre chose à faire. »

Trois, quatre années passent encore, faisant petit à petit leur effet, sous forme de sérum pour l'une, et de poison pour l'autre. Au goutte-à-goutte. Les attaques deviennent moins fréquentes, moins virulentes. Le gars semble s'éloigner à l'intérieur de lui-même, étonné de n'avoir plus prise sur son souffre-douleur, ni d'objet offert à son courroux. Ses coups, toutes les sortes de coups, semblent porter dans le vide. Ça la fascine, Georgette, de voir que, même déjà perdu, il continue de s'acharner. Devant cette haine gratuite et sans fin, plus que jamais, elle se répète tous les matins devant la glace ce qu'elle s'est imposé depuis les débuts : « Ne deviens jamais comme lui. » Malgré les souffrances, l'envie de hurler toujours, l'incompréhension, il faut laisser aux monstres la monstruosité.

Et puis, soudain, voilà trois jours qu'elle ne l'a pas vu. Pas reparu à la maison. Même pas pour s'occuper des bêtes et des champs. Ça n'est jamais arrivé.

Tout de même, elle avertit deux des frères du mari. Il a dit qu'il se rendait dans une autre petite propriété qu'ils ont sur Saint-Salvadour, canton de Seilhac. Elle n'ira pas vérifier, alors eux vont aller voir.

Sur les lieux ils trouvent leur frère, assis dehors, dans le verger, sous un noyer. Mort.

Calé sur une chaise, son fusil de chasse coincé entre les jambes, il s'est fait sauter le caisson. Sans un mot. Sans rien dire à personne. Sans une explication.

Georgette n'en a pas besoin.

Ce soir-là, elle grimpe les marches qui mènent à sa chambre – quatorze marches, elle les a comptées avec soin – et s'assoit, chancelante en haut de la dernière qui marque la fin de quinze années d'enfer. Elle reste là longtemps, hébétée, et finit par murmurer : « Merci, mon Dieu. » Elle n'aurait jamais osé l'espérer, mais quelqu'un, quelque chose a répondu à la prière qu'elle formulait tous les soirs. Il fallait que ça cesse, parce que… « c'était quelque chose cette vie de merde ! »

Ce soir-là, le poids d'un monde a quitté ses épaules, a arrêté de lui écraser la poitrine. Elle est soulagée à un point fou, mais impossible de crier victoire. Elle le sait, ce passé cauchemardesque sera toujours là. Parce qu'on ne refait pas sa vie, ce n'est pas vrai : on ne fait que la continuer. Comme on peut.

Les dix ans qui ont suivi, Georgette les a consacrés à ses trois fils. Ils ont quitté la pension pour revenir auprès d'elle, et pour terminer leur scolarité. Elle n'a pas songé dans l'immédiat à retenter l'aventure avec un autre. Elle n'en éprouve aucune envie, et puis, pas question que qui que ce soit interfère avec l'éducation qu'elle entendait inculquer à ses trois enfants. Quelque chose autour de valeurs simples, comme le travail, l'honnêteté et le respect des autres, à quoi elle a ajouté, insistante, le respect des femmes en particulier. Elle a même été intransigeante sur ce point. C'est ce qu'elle a appelé son troisième but. Rompre avec un cycle démoniaque et permettre à ses fils d'en faire autant.

Plus tard, quand les trois ont été majeurs et sont partis faire leur vie, elle a cherché à les réunir à plusieurs reprises pour leur raconter les années passées. L'histoire de son point de vue à elle. Maintenant qu'ils étaient grands, ils pouvaient entendre. Mais comme il y en avait toujours un d'indisponible et qu'elle ne se sentait pas capable de retracer trois fois son calvaire, elle leur a écrit. Est-ce qu'ils ont lu ? Elle ne sait pas, ils ne lui en ont jamais parlé.

Et puis, il a fallu s'occuper d'elle. C'est alors que son quatrième but est arrivé un peu malgré elle, quand son patron et sa femme l'ont poussée à se présenter aux municipales. Ils le lui avaient déjà suggéré plusieurs fois, mais les enfants étaient trop petits pour être délaissés, et avant ça, l'autre était encore en vie. Donc c'était inenvisageable.

Mais ce coup-ci, plus moyen de reculer et elle s'investit dans la campagne locale. C'est là, au sein d'une équipe mixte, qu'elle bat la liste opposée, composée de onze hommes. Cette victoire a pour elle un goût particulier. Être reconnue par sa communauté c'est une chose, mais en plus en tant que femme, ça vaut le détour. Quelque chose qu'elle a appelé « le cadeau de la vie ». Elle, si longtemps privée de parole, est plébiscitée pour devenir la voix des autres.

Au cours de ses trois mandats sur vingt ans, Georgette ne s'est jamais remise en couple avec un homme. Investie pour ses administrés, débordante d'énergie, mais seule. Célibataire. Et malgré des rencontres, des occasions sûrement, elle a toujours laissé filer. Pas possible de faire de nouveau confiance à un type. Elle se doute de ce qu'elle a perdu, de tous ces plaisirs d'amour qu'elle ne connaîtra jamais, mais elle sait aussi ce qu'elle a gagné. Seules celles qui ont vécu trajet semblable peuvent comprendre.

Depuis la mairie de Saint-Julien-Maumont, elle a découvert que dans les terres alentour, souvent isolées, d'autres vivaient la même histoire qu'elle. Pour cette raison, elle a monté avec d'autres l'association des femmes élues de Corrèze. Afin que les femmes soient mieux représentées, et que les représentantes soient mieux entendues.

Après son troisième mandat, elle décide de ne pas rempiler et de s'investir plus avant dans la cause des femmes. Heureux hasard, une amie lui apprend que l'association SOS Violences conjugales vient de perdre son président et lui suggère de se présenter pour le remplacer. Elle semble tout indiquée pour le poste.

Candidature acceptée et nomination validée, sans que quiconque soit informé de son passé.

Lors de sa prise de fonction, Georgette va découvrir qu'il y a eu de nombreux détournements d'argent et diverses suspicions de conflits d'intérêts au cours des directions précédentes. Elle s'attelle alors à pas mal de nettoyage interne avant de remettre l'association sur les bons rails. Elle et Jeanne Itangu, la nouvelle directrice, ont créé le département Inform'elles, dédié à l'accueil de jour des femmes victimes de violences conjugales, et leur travail a été reconnu au point que l'association a été nommée référente départementale en 2008. Il y a peu, elles ont lancé un chantier qui lui tient à cœur : développer des permanences délocalisées pour aider les femmes isolées en milieu rural. Plus encore que les autres, ces victimes manquent d'aide, de soutien. Souvent sans travail autre que celui de la ferme, sans moyen de locomotion et sans revenus propres, elles sont les proies parfaites pour les maris bourreaux. Les statistiques le confirment, et elles sont majoritaires dans le rang des victimes.

Victime elle-même, Georgette a mis des années à révéler qu'elle l'avait été. À présent, elle se dit qu'elle doit poursuivre, prendre son bâton de pèlerin et aller raconter aux jeunes des collèges et des lycées ce que c'est vraiment, les violences conjugales. Elle explique, déjà, à son unique petite-fille, en intimant à son fils de ne pas s'en mêler. Même si elle n'a pas douze ans, elle doit savoir, être préparée, et c'est une histoire entre sa grand-mère et elle. À la petite, elle apprend qu'une majorité pense encore aujourd'hui que les femmes dans une telle situation sont ou malades, ou fautives. Elle lui dit que ce n'est pas vrai. On ne naît pas victime et on ne peut pas porter la responsabilité de la mauvaise rencontre.

La plupart, comme elle, n'ont pas pu ou pas su voir les signes avant-coureurs du malheur, personne ne les as prévenues de ce qu'il pouvait en être de certains hommes, et qu'il fallait apprendre à se protéger. Et elles sont tombées dans le piège. Mais on n'est pas stupide. On ne tombe pas amoureuse d'un monstre affiché. Celles qui ont eu la malchance de tirer le très mauvais numéro n'ont pas besoin en plus de morale, ni d'antidépresseurs ou de séances chez le psy comme si elles étaient elles-mêmes le problème. Elles ont besoin qu'on les écoute, qu'on les croie et qu'on leur tende la main.

Si elle parvient à se livrer de plus en plus, Georgette, qui se bat en permanence afin d'obtenir des financements pour l'association, n'a qu'une seule difficulté : écouter les autres victimes. Elle est capable de leur révéler son passé, de leur affirmer qu'on peut s'en sortir, mais entendre leurs récits à elles, en écho au sien, c'est au-delà de ses forces. Comme si elle se voyait dans le trou, sous la stèle.

Non seulement Georgette n'y a pas été, mais elle a été tellement plus loin, plus haut, qu'en 2014 elle a été nommée Chevalier de l'ordre national du Mérite. Elle aurait bien mis du « Chevalière » là-dedans, mais même sans féminisation du terme c'est une vraie réussite.

Elle ne peut pas s'empêcher de mettre ça sur le compte de la chance.

La chance d'avoir eu un travail, une indépendance financière et la possibilité d'être dans un autre lieu que son domicile pendant la journée. Une chance que la plupart des victimes n'ont pas en milieu rural, c'est vrai. Mais qu'il nous soit donné de penser que Georgette a aussi eu la chance d'être habitée par une force qui lui a permis de tenir et résister. Peut-être pas féministe d'emblée, mais naturellement rétive à l'ordre établi.

Aujourd'hui, elle ne proteste plus autant et quand, pour Noël, ses enfants lui ont offert un téléphone « moderne », elle n'a pas su dire non. Elle n'en voulait pas, pourtant, de ce truc énorme, bardé d'applications et de gadgets, elle était très contente avec l'ancien, mais ils ne lui ont pas laissé le choix. « Elle ne pouvait pas rester comme ça », ont-ils dit, ils voulaient pouvoir la joindre.

C'est idiot, elle était déjà joignable avant. Mais bon… rusée renarde, grâce à cet appareil stupide aussi grand qu'une tablette de chocolat, elle a trouvé comment mettre une liste de numéros VIP. Seuls ceux-là peuvent l'appeler, quand elle le souhaite. Les autres, les pubs et autres, ça leur raccroche au nez. Elle n'est disponible que pour les femmes en difficulté.

Cet été, à l'heure où elle nous parle, le thermomètre flirte avec les quarante degrés. Georgette n'en revient pas d'une telle chaleur à faire cuire les frites. Elle s'accroche à son petit bout de colline, là-haut, en Corrèze, soufflé par la brise, et qui donne, lui, à trois cent soixante degrés sur ce monde de campagnes au milieu duquel elle a connu le meilleur, mais aussi parfois, elle le dit maintenant, l'effroyablement pire.

Une dernière fois, elle nous remercie de lui permettre de parler, de vider son sac, de la pousser à franchir une autre marche.

Un monde à l'envers, vraiment, quand on sait ce qu'elle a vécu et combien il est difficile, même quarante ans après, de mettre les mots dessus.

Mais peut-être, pour Georgette Chastanet, soixante-quatorze ans, enfin un monde à l'endroit.

L'hébergement d'urgence et la réinsertion

> « Dans la vie, rien n'est à craindre, tout est à comprendre. Vous ne pouvez pas espérer construire un monde meilleur sans améliorer les individus. »
>
> Marie Curie

L'écosystème des milieux féministes n'est pas si grand, et chacun finit tôt ou tard par connaître chacune, même de loin. Il y a une cause commune, bien sûr, mais les idées et les moyens pour y parvenir peuvent diverger. Des désaccords surviennent, parfois des disputes. Et même en pays de sororité, il n'est pas toujours aisé de s'arranger de compromis.

Au cœur de cette pluralité de pensées, il y a pourtant cette femme qui semble n'être fâchée avec personne. Tout en maintenant le cap d'une vision personnelle et tranchée, elle est respectée du plus grand nombre, pas loin de l'unanimité, au point que beaucoup la citent en exemple.

Cette femme, c'est Marie Cervetti.

Elle a dirigé le FIT (Une femme, un toit) pendant de nombreuses années, permettant à des dizaines de jeunes filles de sortir de la rue. Elle a été membre du Haut Conseil à l'égalité, et a contribué à initier le Grenelle des violences faites aux femmes.

Marie, je ne la connaissais pas bien. On s'était aperçues de loin, croisées dans des manifs, saluées discrètement. Un jour, elle m'a demandé de l'aider à chercher des financements pour créer une maison d'accueil en province. Elle rêvait d'offrir un lieu de vacances – de repos au moins – à ces gamines en souffrance, qui n'en avaient jamais eu. Je suis venue la rencontrer au FIT, boulevard des Filles-du-Calvaire.

Une adresse qui ne s'invente pas.

Elle était là, au milieu de ces jeunes femmes, avec elles, parmi elles, sans aucune forme de hiérarchie. Pas de directrice d'un côté ou de jeunes assistées de l'autre, juste une bande unie. J'ai été impressionnée par son humanité, son énergie, son franc-parler et sa vision pragmatique de la situation, mélange de grande culture et de connaissance profonde du terrain. J'ai été marquée, aussi, par ses yeux perçants qui, derrière une bienveillance totale, vous passaient au laser.

Avec un minimum de recul aujourd'hui, je peux présager que si elle fait force de foi dans le milieu militant, c'est peut-être parce qu'elle n'a jamais donné de leçons à personne autrement qu'en agissant, qu'en ouvrant ses bras et en tendant la main.

À notre tour de faire un pas vers elle pour l'écouter.

Marie Cervetti

« Que la honte change de camp est essentiel. Et que les femmes, au lieu de se terrer en victimes solitaires et désemparées, utilisent le #metoo pour se signaler et prendre la parole me semble prometteur. C'est ce qui nous a manqué depuis des millénaires : comprendre que nous n'étions pas seules ! »

Françoise Héritier

La voici justement qui arrive. Et avant elle, son rire. Il la précède comme un parfum peut devancer une personne de quelques pas. Ce rire discret qui l'annonce met aussitôt à l'aise, à l'instar d'un premier tutoiement, spontanément lancé à l'autre. Sans familiarité excessive, mais déjà amical, bien mieux qu'une présentation ampoulée. C'est comme un superpouvoir, Marie est capable de détendre l'atmosphère par sa seule présence, et même de désamorcer sans effort les situations les plus conflictuelles. Témoin son arrivée pour nous retrouver dans la capitale où, à peine descendue du tarmac, un automobiliste, Parisien énervé, s'en est pris à elle. Peine perdue, ça a glissé sur elle en pente douce. Et face à sa bonhomie naturelle, sans phosphate ni rien, le bougon s'est incliné. Dans un sourire, même.

Il ne faut pas désespérer des citadins.

C'est peut-être l'un des autres dons de Marie : elle ne désespère jamais de personne. Et pourtant, des cas qui valaient qu'on s'y arrête, qu'on hésite ou qu'on rende les armes, elle en a connu…

Avant qu'elle nous raconte tout cela, on s'installe dehors. Malgré la chaleur écrasante, le visage de Marie a besoin de s'ouvrir grand au soleil, tel un panneau photovoltaïque qui stockerait l'énergie pour mieux la redistribuer ensuite. La voix gentiment enrouée trahit les années de fidélité à Miss Nicotine, mais n'occulte pas la douceur constante du ton, ni les pointes d'accent du Sud qui épicent ses mots.

Le Sud, elle y est née. Des parents corses, des séjours sur l'île de Beauté à toutes les vacances, pour le reste une enfance passée dans l'immensité marocaine. Des régions, note-t-elle malicieusement, où, pour ce qu'on en sait, la femme cherche encore sa place. Jeune, elle ne le réalise pas tout de suite, épargnée par son propre caractère qui l'entraîne vers des chemins de traverse. Véritable garçon manqué, elle commence par taper dans un ballon, avant d'enfourcher une moto et d'enchaîner les parties de flipper où, cette fois, elle n'épargne personne. Elle pressent que son attitude n'est tolérée que parce qu'elle est unique dans ce cas, aux alentours. Une rareté qui amuse les hommes et les femmes. Mais qu'une seule autre fille se pique de faire les mêmes choses qu'elle, avec elle, et ça ressemblerait au début d'un mouvement. Le début d'un « pas possible ». On tolère qu'un cas isolé marche en zigzaguant, mais le groupe doit filer droit, et les femmes rester à leur place.

En retournant le problème, Marie met, de fait, le doigt sur un principe qui va guider sa vie : ensemble, on est bien plus fortes.

Forte, elle l'est de tempérament, mais si elle parvient à pousser son adolescence à l'écart des normes, entre ces sociétés où il est préféré-préférable que la femme s'efface, elle n'a pas encore mis des idées dessus. La chance ineffable qu'elle a, c'est une mère qui résiste en sourdine. Une révolutionnaire par silences. De celles qui brisent un cycle établi depuis des siècles. Cette mère, « Môman » comme elle la nomme, mi-humour, mi-tendresse, est couturière de métier. Elle est issue de cette cohorte de femmes qui, par tradition imposée, transmettent leur savoir antédiluvien à leurs filles, pour assurer la reproduction des schémas. Mais pas elle. Pas ici, pas cette fois. Hors de question que Marie ou ses deux sœurs touchent jamais une aiguille. Une décision érigée en principe. Quand elle n'est pas elle-même pliée sur son ouvrage de coton, « Môman » s'active en cuisine, et là non plus il n'est pas envisageable qu'aucune de ses trois enfants l'y rejoigne pour apprendre à tenir les fourneaux. Elle, la mère, a assez subi, plié sous le joug, mais « hè abbastanza ». Ses filles auront une autre vie. Et les seuls outils consentis seront le cahier et le stylo pour accrocher les études, prix d'une liberté qu'elle-même n'a jamais pu conquérir. Cette dame sans fortune ni éducation a eu le recul là-dessus, et l'imagination folle de rêver une vie meilleure pour celles qu'elle a conçues. Parce que « la liberté, c'est aussi ce qu'on raconte aux autres », relève Marie.

Des années plus tard, elle restera époustouflée par cet acte de résistance. Quand on sait, qu'on a les moyens, les connaissances, c'est facile. Mais quand on vient après tant de générations de portions négligeables, oser dire stop, même l'air de rien, ça nécessite une force et un courage inouïs. À n'en pas douter, la première féministe de la famille, c'est elle, c'est sa mère.

Ce modèle agira en profondeur sur Marie, mais l'ultime bouleversement survient le jour où un prof de philo a l'idée saugrenue de lui glisser un livre entre les mains : *Le Deuxième Sexe*, d'une certaine Simone de Beauvoir. Premier exploit : elle, la cancre abonnée aux joies de l'école buissonnière, va lire l'ouvrage jusqu'au bout. Second exploit : elle va comprendre ce qu'elle lit. Mieux, ça va lui parler. À un point fou. Ça la sidère. Ça la prend aux tripes. Comment cette auteure parvient-elle à décrire si précisément tout ce qui tourne dans sa propre tête et qu'elle n'a jamais réussi à mettre en mots ? Révélation et changement de vie. Elle bascule d'une boule de révolte inconsciente et désordonnée à un cheminement construit.

À partir de ce jour, elle ne va plus lâcher la lecture et, grâce aux livres qu'elle dévore, elle va regarder autrement le monde autour d'elle. Surtout, elle va enfin s'investir dans sa scolarité, jusqu'à viser le supérieur.

Direction Rennes, pour un cursus à l'EHESP. À la clef, un diplôme en anthropologie sociale, et des premières missions qui tombent. Mandatée par la Communauté européenne, Marie doit poser des diagnostics dans le cadre de projets soutenant la modernisation d'infrastructures rurales dans des pays en voie de développement. Intitulé à rallonge pour méthodologies surprenantes. Typiquement, les décisionnaires de Bruxelles s'étonnent que leur campagne visant à généraliser la vaccination des bovins/ovins en Bolivie ne porte pas ses fruits. Malgré les sommes allouées, malgré l'enseignement des bons gestes aux paysans, c'est l'hécatombe et des cheptels entiers sont décimés. Marie se rend sur place pour découvrir un tableau peu reluisant. La plupart des hommes en charge des troupeaux passent leur temps à dormir, avachis dans l'herbe grasse, en général ronds comme des queues de pelle. Qu'aucun animal ne soit jamais soigné ou protégé ne fait plus grand mystère. Toutefois, pour obtenir le fin mot de l'histoire et écarter la possibilité d'un trafic à la prime pour chaque tête de bétail décédée, elle pousse les investigations. Elle part interroger les épouses, et la véritable explication tombe, aussi consternante que limpide : en Bolivie, historiquement, ce sont les femmes qui s'occupent de l'élevage. C'est archiséculaire, c'est intégré, c'est comme ça. Mais comme les brillants technocrates de l'autre côté de l'océan ont décidé depuis leur salle de conférences d'un dix-septième étage vitré que la formation s'adresserait exclusivement aux hommes, eh bien voilà. Vaches et moutons meurent. Aussi triste, aussi bête que ça. Des millions dépensés pour rien, parce qu'on avait omis de s'adresser aux principales intéressées.

Ce type d'aberration que Marie préfère balayer d'un éclat de rire est loin d'être un cas isolé. Elle va l'éprouver au fur et à mesure qu'elle enchaîne les missions d'observation, en Amérique latine, en Haïti ou en Afrique du Sud, désormais pour le compte des Nations unies. Le commanditaire a changé, mais partout où elle va étudier le respect des droits humains, l'analyse est la même. Ce sont surtout les droits des femmes qui sont bafoués. Marie voit, observe, prend des notes, fait son métier, mais au vu de ce déséquilibre constant, ses convictions s'aiguisent, son militantisme s'étoffe, son féminisme s'affermit.

Sûrement aurait-elle pu continuer d'arpenter la planète ainsi, pour témoigner d'injustices de toutes sortes, mais sa fille la réclame. Une petite qui a grandi et s'inquiète des périples à risque que sa mère multiplie autour du globe depuis une décennie. Marie range donc ses valises en France au gré de diverses attributions, diverses boîtes, publiques ou privées, jamais trop loin du domaine social. Il arrive qu'on la mette en garde contre telle difficulté, tel « danger » qu'il peut y avoir, par exemple, à travailler dans les cités de banlieue au contact de jeunes. Nouveau gloussement poli. Pour celle qui a parcouru l'Amazonie asphyxiée aux côtés des Indiens en sursis ou dormi dans le township de Soweto sous les toits de tôle et d'ordures, s'occuper d'ados, ça ressemble plutôt à une récréation. Donc, bien sûr, elle continue. Elle continue de rire, porter, s'échiner, alternant le terrain et la paperasserie administrative. Et c'est alors qu'elle gère des dossiers de financement européen qu'un jour, un foyer pour jeunes travailleurs (FJT) d'Île-de-France la sollicite pour des conseils sur le montage d'une demande d'aide. Marie s'y colle volontiers et permet le déblocage des fonds.

Quinze jours plus tard, les mêmes la rappellent : « En fait, nous n'avons pas de directrice. Est-ce que, par hasard, le poste pourrait vous intéresser ? »

À peine un temps. « Eh bien, oui. Pourquoi pas ? » Et quasi sur un coup de tête elle prend les rênes de ce lieu.

Elle va y passer près de vingt ans. Le « hasard » fait parfois bien les choses.

Sur le papier, cela paraît relativement simple. Quand elle débarque là-bas, en 2003, l'organisme se consacre officiellement à l'accueil de jeunes travailleuses isolées, entre dix-huit et vingt-cinq ans. Pas une tâche aisée, mais gérer les logements avec bonté et bon sens, c'est dans ses cordes. Quant à l'imbroglio des demandes administratives, du management des salariés et des bénévoles, c'est son truc, elle a été formée pour. Bref, elle semble taillée pour la fonction.

Ce qu'elle découvre et n'avait pas prévu, c'est que certaines de ces jeunes femmes sont en réalité sans emploi, sans personne, sans rien, sans vie. Paumées et à la rue. Admises au foyer sans l'once d'un projet pour espérer le début du commencement d'un éventuel futur. Ces filles-là supportent un degré de misère, affective et sociale, qu'elle n'avait pas anticipé de devoir prendre en charge. Cela va s'imposer à elle, vite. Trop vite.

Quinze jours après son arrivée, l'une des pensionnaires se suicide. Défenestration.

Énorme choc pour la directrice fraîchement émoulue et un rire qui se voile net. Bouleversée, elle décide aussitôt de comprendre les tenants et les aboutissants et passe les six mois qui suivent collée à ses pensionnaires, de jour comme de nuit. Pour discuter, creuser, sentir, écouter. Et pour conclure à une évidence implacable : le point commun entre toutes ces jeunes filles, ce sont les violences. Pas seulement sexistes ou sexuelles, mais toutes les formes de violences. Verbales, sociales, raciales, familiales. Violences inimaginables.

Quoi faire avec ça ? Se démener pour chercher les solutions. Les inventer au besoin. Marie rebondit et avance, jusqu'à révolutionner petit à petit le foyer, de mille façons différentes.

D'abord, il faut redéfinir la vocation du lieu, changer ses statuts. Mélanger des jeunes chômeuses qui cherchent quelques nuits de transition avec des gamines droguées ou prostituées qui ne savent plus épeler le mot avenir, c'est compliqué. Elle va conserver le principe de n'admettre que des femmes âgées de dix-huit à vingt-cinq ans, seules et sans enfants, mais priorité aux naufragées.

Elle lance les démarches pour transformer le foyer en centre d'hébergement et de réinsertion sociale (CHRS). Pour qu'il n'y soit plus juste question de logements occasionnels, mais d'une prise en charge efficiente et durable. Quelques années plus tard, l'État donnera son agrément, et ce FJT changera pour devenir un CHRS. Le FIT, Une femme, un toit.

Ensuite, elle va se battre pour qu'on arrête de ranger ces violences dans des cases, les opposant les unes aux autres, dans une hiérarchie absurde, par ordre supposé d'importance. Pour elle, c'est désormais un tout, et hors de question de faire le tri à l'entrée pour savoir laquelle est la plus méritante, ou la plus adaptée.

Pourquoi mettre à la porte cette fille au motif qu'elle insulte les autres et qu'elle crie ? Le but est précisément de l'extraire de cette agressivité sans issue, ce n'est pas pour la replonger dans l'impasse aussi sec, comme ça se fait dans certains foyers. Idem pour l'accro qu'on expulse à cause de ses crises de manque, de la psychotique qu'on écarte parce qu'elle fait peur aux autres, ou de l'adolescente qu'on a chopée à monnayer une passe de plus dans les locaux, et qui se fait virer manu militari. Sans parler de la jeune femme abusée sexuellement à qui on refuse l'accès, sous prétexte qu'elle porte le foulard. « Violée mais voilée », donc dehors ? Pas loin d'une triple peine, que Marie a pourtant vu pratiquée dans d'autres structures. Elle n'a que faire de la morale et cherche juste à tirer la tête de ces jeunes filles hors de l'eau. Aussi, dorénavant, on prendra ici toutes celles qui souffrent et qui sont à la rue tant qu'il y a de la place.

Enfin, les loger ne suffit pas. Donner à manger et fournir en vêtements, évidemment, mais si ce n'est qu'un soutien caritatif pour se dire que le problème est résolu en s'achetant de la bonne conscience, très peu pour elle. Ces filles ont été cabossées par la vie de façon hallucinante, passées à la moulinette de violences qui ravagent la tête. Qu'elles soient encore debout tient déjà de la prouesse. Ce qu'il faut pour commencer, c'est leur réapprendre à manger, à vivre. À s'autoriser à vivre. Leur consacrer un temps infini. Et le temps n'est pas tout, il y a aussi la manière. Si l'objectif est qu'elles reprennent confiance en elles, la meilleure solution ne consiste sûrement pas à les chaperonner dans chacun de leurs faits et gestes, comme si elles étaient incapables de penser. Les accompagner, oui, les infantiliser, non, et chaque nouvelle arrivante ne pourra intégrer le FIT que si c'est son propre choix. Le libre arbitre est posé ici comme un premier filtre. On va les aider à s'aider, mais pas le faire à leur place. Marie veut les responsabiliser.

Dernier ingrédient, et pas des moindres, pas loin du coup de génie, Marie va donner priorité au groupe. Pour n'ostraciser personne, et réinviter ces marginales dans un embryon de société possible. Avec les autres, donc.

Et si chacune de ces rescapées aura sa propre chambre, pour accéder à une intimité jamais éprouvée auparavant, tout le reste se fera en commun. Cuisine, repas, sorties, ateliers, et avant toute chose discussions. Une approche chorale, incluant les comparses de galère, mais aussi les bénévoles, les intervenants, les éducatrices et elle-même, la directrice. Un chœur qui va former le groupe du FIT. Plus fortes ensemble.

Le tout, comme elle le définit elle-même, sera enchâssé dans un cadre rond. Une structure solide et rassurante qui protège les pensionnaires, mais laisse à l'intérieur une grande liberté, traitant tout le monde sur un pied d'égalité. Pas loin d'une autogestion.

Il y a donc là une soixantaine de lits pour autant de jeunes filles. Entre les « réparées » qui sortent, prêtes à retenter l'aventure de la vie, et les fraîchement accidentées qu'on recueille, c'est une centaine de pensionnaires qui passent par le centre chaque année. Certaines ont été excisées, d'autres mariées de force avant de s'échapper, il y a celles qui ont été violées par un conjoint ou par un tiers, les battues par la famille, comme celles obligées de se prostituer depuis des années, les toxicos, les dépressives, les pas aimées. Quelques-unes cochent toutes les cases.

Comme dans beaucoup d'organisations de ce type, il va s'agir de les prendre en charge médicalement et de les orienter socialement. Vers un logement, un travail, une situation pérenne, une vie autonome. En plus du staff administratif qui chapeaute l'ensemble, elles sont encadrées par cinq éducatrices qui assurent le relais avec d'autres partenaires. Mais la priorité de Marie, c'est de leur redonner du pouvoir. Un pouvoir dont elles ne soupçonnent même pas l'existence. Un pouvoir de confiance et de décision, sur elles-mêmes et sur leur environnement.

Des choses anodines pour commencer, comme commander un café au bar du coin. Un véritable abîme pour certaines.

Parce que la plupart n'osent même pas traverser la rue de ce quartier du troisième arrondissement de Paris où le FIT est basé, pour entrer dans un bistrot en tant que clientes. On les a tellement privées de leurs droits les plus élémentaires qu'elles ont intégré l'idée qu'elles n'en avaient sûrement aucun. Et pour celles, nombreuses, qui sont noires ou maghrébines, il est encore plus difficile de se projeter comme consommatrices, dans ce bastion bobo chic de la capitale. Au début, il est fréquent qu'elles refusent catégoriquement, persuadées qu'elles n'y arriveront jamais, que de toute façon on va les jeter à la porte, se moquer, les humilier une fois encore. C'est souvent long, ça paraît vain, futile, mais ça vaut le coup, parce que deux, trois mois plus tard, on les voit enfin s'approcher du comptoir pour demander une boisson. Un verre d'eau au milieu du désert.

De petites choses pour l'humanité qui les dédaigne ou feint de ne pas les voir, mais de grands pas, sans cesse, pour ces femmes privées de tout, que l'équipe du FIT va encourager crescendo, tout en respectant le rythme de chacune. Le coup d'après, ce sera la boutique d'objets déco où la moindre babiole affiche cent euros. Pas grave si elles ne peuvent pas pour l'instant se les payer ou même s'en fichent, et que c'est trop, et que c'est stupide. L'important est qu'elles s'accordent le droit de voir et de toucher. Comme tout le monde. Comme les autres.

Parce qu'elles ignorent ce qu'il leur est permis ou non de faire, d'autres étapes sont nécessaires pour (s'af)franchir des précipices toujours plus vertigineux. Savoir qu'il est possible de postuler pour un travail sans s'excuser, d'avorter sans payer ni demander l'autorisation d'un tiers, de déposer une plainte quand on est battue, violée. Beaucoup ne soupçonnent même pas que c'est puni par la loi ! C'est d'ailleurs l'une des dichotomies cruelles qui frappe la plupart d'entre elles : mûries précocément à coups d'horreurs, familiarisées trop tôt avec le sordide, elles se révèlent ingénues face à certains fondamentaux de nos sociétés.

Il y a, par exemple, cette jeune femme excisée dès son plus jeune âge, mutilée sexuellement, qui craint si elle tente une chirurgie réparatrice de devenir nymphomane. Celle-ci, contrainte au tapin depuis ses douze ans, capable de repérer le client dangereux au premier coup d'œil à force d'expérience, qui néglige toujours MST et protections. Dans un autre registre, il y a celle, voilée, qui se promet de célébrer l'Aïd en mangeant un bon poulet, sans soupçonner qu'elle dénature les préceptes de la religion dont elle se réclame. Une autre s'est aperçue que le terme « féministe » était employé en dehors du FIT. Comme elle n'en avait jamais entendu parler auparavant, elle pensait que c'était une invention de Marie et en avait fait toute une affaire. Presque déçue pour le coup. Du glauque à la sémantique, une foule de cas qui seraient presque cocasses s'ils n'étaient pas révélateurs du degré d'abandon dramatique dans lequel ces gamines se sont retrouvées.

Parce qu'au FIT on les écoute sans les juger, qu'on les reconnecte doucement à leur propre culture, au reste de la société, un monde va se révéler à elles. Enfin, elles vont pouvoir questionner, dialoguer. Mieux, elles pourront opposer un point de vue, marquer un désaccord, et même proposer. En fait, elles vont soudain avoir le droit. Avoir des droits. Vastes, larges, citoyens. Pour celles qui pensaient n'avoir que des devoirs, et à qui on reprochait régulièrement d'être des assistées, ça ressemble à une seconde naissance. Ce n'est pas tout, on les avise en plus qu'il leur est permis de rêver.

« Rêver. »

Ouh là ! Sacré mot que ce mot-là. Un mot qui fait tellement peur qu'elles ont en général préféré le bannir de leur champ lexical plutôt que d'essuyer une énième déception. Rêver, c'est la marche suprême, peut-être la plus dure à gravir, mais l'idéal de Marie. Si elle n'a pas la prétention de pouvoir les sauver totalement, elle veut au moins leur fournir les outils pour faire un peu mieux que survivre. Elle veut transformer ces victimes en guerrières. Et les aider à accoucher de leurs désirs, c'est leur donner une raison digne et personnelle d'avancer et de se battre. Un moteur autoalimenté auquel se rattacher, un semblant de courte échelle vers une forme de liberté.

C'est là que le groupe se révèle un ferment incroyable, car, plutôt que d'être contraintes de s'excuser individuellement une fois encore, les pensionnaires vont se hisser les unes les autres, pour sortir peu à peu de la honte. Ensemble, encore. Parce qu'elles se reconnaissent dans l'autre, elles vont se stimuler par échanges et par imprégnation, au fil de palabres, de débats endiablés. Causeries en bande sur l'épilation, les *gossips* d'un journal tapageur, aussi bien que sur la sexualité, les violences subies, l'émancipation, un mauvais amant ou des recettes de cuisine. Ces réunions informelles entre jeunes femmes, Marie les a nommées les « papoti-papotas ». C'est le socle du FIT, un cercle vertueux qui cimente le groupe tout en exacerbant les individualités. Celle qui a passé un cap, surmonté une épreuve, en contamine une autre. Elles se comprennent, se complètent, s'encouragent, et des complicités durables naissent. L'essaim interactif se consolide au gré de sorties cinéma, théâtre ou expo, d'ateliers partagés, de création home made, comme un roman-photo ou des petits films, toujours écrits et bricolés par et entre elles. Un projet collectif, qui inclut tout le FIT, éducatrices et Marie comprises, et leur permet de s'ouvrir à d'autres univers, de s'arracher à leur enfermement à tous les niveaux. Enfin, elles ne sont plus seules. Ni les seules dans leur cas, ni seules au monde, abandonnées de tous.

Ce groupe solidaire qui se reconstruit peu à peu est si précieux qu'elles font partie des rares à avoir apprécié pleinement le long confinement Covid. Aucun dépaysement pour elles à se cloîtrer à l'abri du bruit des autres. Au contraire, rassurant de se savoir pour un temps protégé d'un frère, d'un cousin, d'un mari, ou de n'importe quel inconnu autoritaire et violent. Peut-être même un plaisir fugace à se dire que d'autres touchaient là du doigt le genre de calvaire qu'elles-mêmes enduraient depuis l'enfance. Le temps de cette parenthèse en tout cas, elles étaient entre elles et ça leur suffisait.

Mais même sans la cloche d'un confinement, ça émulsionne dur au sein du FIT. Une chimie qui opère parfois de façon discrète. Comme pour cette femme qui refusait qu'on intervienne avec elle en cuisine et promettait que personne, surtout pas son futur potentiel mari, n'y aurait jamais sa part. Marie avait mis les pieds dans le plat et suggéré : « Moi, je ne sais rien faire, mais j'aimerais bien aider. Vous pouvez quand même essayer de me montrer. » La femme l'avait toisée, reniflée de côté, puis finalement tolérée. C'était venu lentement : d'abord méfiante, la femme avait compris qu'elle était dépositaire d'un savoir qu'elle pouvait transmettre à quelqu'un. Elle pouvait enseigner. Donc elle n'était pas rien. Donc elle pouvait être fière. Tant et si bien que, des années plus tard, on l'avait revue au bras de l'époux qu'elle s'était choisi, et elle avait confessé à Marie : « Nous cuisinons côte à côte tous les jours, je ne manquerais ça pour rien au monde, c'est super ! »

Il y a aussi des ruptures d'importance. Comme celle-ci qui, quittant le centre la tête haute, s'était arrêtée un temps pour se retourner vers la directrice et planter ses yeux dans les siens, avant de déclarer, droite, détachant chaque syllabe : « Je vous le dis, si un jour j'ai une fille, personne, jamais, ne l'excisera. » Quelques mots simples pour une victoire gigantesque, une chaîne infernale de soumission enfin brisée.

Il y a parfois des chrysalides. C'est le cas de cette jeune fille, au parcours chaotique, qui s'était éprise de peinture au cours d'un atelier proposé au centre. Timidement d'abord. Puis, le temps d'oser, elle avait affirmé cet élan qui la prenait aux tripes. Cinq ans après sa sortie du FIT, elle rappelait Marie pour lui annoncer qu'elle allait exposer… au Carrousel du Louvre.

Il y a, oui, de belles histoires, et certaines atteignent les étoiles. Mais pas toujours, pas invariablement. Et quelques autres retournent à leur vie de misère. Entre les deux, mille et un cas de figure. Marie le sait, beaucoup seront contraintes de supporter la caisse d'un supermarché franchisé ou d'accumuler les ménages à droite, à gauche, pour assurer une autonomie fragile. Mais son propos n'a jamais été de leur garantir une existence meilleure. Ce qu'elle a cherché à leur insuffler, c'est une soif inextinguible de liberté, une foi en leurs rêves, un amour fou de l'indépendance. Matérielle s'il se peut, mais surtout d'esprit. Au travers d'une forme d'éducation populaire, elle a cherché à réintégrer ces gamines laissées-pour-compte de tout au sein de la société, tout en les encourageant à échapper aux cases. À les raccrocher à leur propre humanité.

C'est beaucoup, mais largement pas assez, car ces nécessiteuses sont bien plus nombreuses que la soixantaine de chambres dont dispose le FIT. Or, ce lieu auquel Marie a donné sens est l'unique centre de réinsertion qui accueille les femmes de cette tranche d'âge spécifique en France. De cette frange de la population la plus touchée par toutes les formes de violence. Ce qu'il y a de rassurant, c'est que ces adultes sont encore jeunes, et possèdent une capacité phénoménale à rebondir, à s'emparer des choses qu'on leur propose. Ce qui est déplorable, c'est qu'il n'y ait pas une politique forte pour les accompagner, alors qu'elles ont un tel besoin de s'ouvrir, une telle appétence de savoir.

Question politique, Marie ne peut pas dire non plus que le Grenelle ait permis des avancées folles. Elle était à l'époque membre du Haut Conseil à l'égalité et a contribué à provoquer l'événement, mais elle en attendait beaucoup mieux. Qu'on en parle, formidable. Qu'on réunisse un maximum d'acteurs des milieux concernés, parfait. Mais qu'on hiérarchise une fois encore les violences, et que les suites, financières et morales, soient si ténues, voilà qui ne laisse pas de la fatiguer.

S'il fallait comparer, elle remarque qu'après le Grenelle de l'environnement, les pouvoirs publics ont énormément investi pour que la question climatique entre dans les mœurs. Au point qu'il est difficile de nos jours de construire un immeuble sans respecter une charte écoresponsable drastique. Pourquoi pas la même chose avec la cause des femmes ? Comme une clause citoyenne inébranlable : tu parles mal à une femme, tu la bats, tu la violes, tu la tues, il y a une sanction. Immédiate.

La parité, on y arrive lentement, mais les harcèlements continuent, les violences n'ont pas diminué. Alors que ce drame concerne toute la société, depuis l'éducation des enfants, la formation des représentants de l'État, le soutien aux associations, jusqu'au financement des lieux d'accueil ou des hôpitaux, on continue de distiller des aides avec parcimonie, en cloisonnant chaque problème. Il manque une volonté globale de réformer les esprits. Quelque chose qui ressemblerait au féminisme tel que Marie le conçoit. Une vision qui ne se préoccupe pas uniquement de défendre les femmes, mais s'attelle à bousculer la société dans son ensemble. Un projet plein d'une certaine cohérence. Or, des incohérences, Marie en voit partout, à tous les niveaux.

Elle en a vu lorsque, conviée à intervenir à une réunion du G7, elle a entendu ce parterre de ministres des Affaires étrangères occidentaux expliquer comment il faudrait enseigner en Afrique l'égalité hommes-femmes. Soutenir ces « nations amies » financièrement bien sûr, mais surtout les éduquer. Ça l'a fait bondir, et elle n'a pu s'empêcher de rétorquer à ces dirigeants paternalistes qu'ils feraient mieux de se déplacer là-bas pour se rendre compte des formidables actions engagées. Qu'avant de faire la leçon, il était préférable de balayer devant sa porte et de s'assurer d'être exemplaire. La tripotée de cols blancs en est restée coite, mais la présidente des Nations unies s'est levée pour prendre Marie dans ses bras, en larmes, et la remercier. C'était la première fois qu'une femme blanche osait dire ça.

Ici, chez nous, elle a vu le féminisme brocardé à l'envi comme un phénomène de mode, comme elle a vu des associations militantes s'efforcer de ne pas dépasser les dix employés, pour éviter d'avoir un délégué du personnel, au détriment de leurs salariés, et faisant fi de toute notion solidaire. Elle a vu des professionnels qui n'appliquaient pas leurs grandes et généreuses théories, et beaucoup de contradictions entre les actes et les mots.

Elle a vu, à l'inverse, de nombreux centres privilégier, dans leur recrutement, l'engagement militant au détriment de la compétence administrative, technique ou sociale. Et elle en a vu plusieurs péricliter pour cette raison. Même le FIT, depuis qu'elle l'a quitté estimant avoir fait son temps, ne se porte pas très bien, avouons-le. À cause de mauvais calculs, à cause d'une gestion un peu défaillante et malgré des aspirations louables.

Elle s'est vue elle-même commettre des énormités. Elle se souvient d'avoir amené sa fille, encore petite, en compagnie d'un neveu du même âge, aux sports d'hiver. Sur les pistes verglacées, trouvant sa gamine maladroite, elle se rappelle lui avoir choisi une luge, quand elle prenait des skis pour le garçon. Sa fille, faussement naïve, lui avait aussitôt demandé : « Alors maman, c'est donc ça le féminisme ? »

Elle a ri d'elle-même, bien sûr, comme elle a toujours ri des aberrations de toutes sortes, pour oublier qu'elle avait vu, trop souvent, le monde marcher sur la tête.

Son monde à elle est désormais en Espagne, du côté d'Alicante. Elle a flashé sur ce point du globe, sans trop se demander pourquoi. Bien plus tard, elle a fini par comprendre qu'elle avait choisi de s'établir quasiment à équidistance des deux pôles de son enfance, la Corse et le Maroc.

Un bout de terre qui la rapproche d'une incroyable « Môman » qui a su lui inculquer le pouvoir des rêves.

C'est comme ça, certaines choses ne changent pas, et on y revient. Elle tape moins souvent dans le ballon, certes, sa main est un peu moins preste sur le flipper, admettons, mais elle enfourche toujours sans hésiter sa moto pour dessiner des routes, asséchées de machisme. Solitaire sur sa bécane mais définitivement dévouée aux autres. Toujours impliquée aux côtés de groupes qui essayent de changer la société. Toujours partante, toujours dans l'empathie.

Là-bas, aux alentours d'Alicante, il se murmure que certains habitants ont, à plusieurs reprises, entendu rire cette femme, toute seule sur son engin, traversant le paysage. C'est sûrement vrai. Et sûrement que c'était surtout pour ne pas pleurer face à la folie des hommes.

Le droit des femmes

> « La femme a le droit de monter sur l'échafaud ; elle doit avoir également celui de monter à la Tribune. »
>
> Olympe de Gouges

En 2014, le FIT (Une femme, un toit) dirigé par Marie Cervetti est le seul lieu du genre en France. Aucun autre endroit ou dispositif ne propose d'accueillir les femmes de moins de vingt-cinq ans, isolées et à la rue. Cette catégorie de population est pourtant la plus touchée par toutes les formes de violences. Marie ne parvient pas à accueillir tout le monde, et cherche désespérément un local pour ouvrir des places supplémentaires. Une ville lui propose un bâtiment, mais l'aménagement des locaux seul nécessite un investissement d'au moins cent mille euros. Un budget que Marie ne parvient pas à débloquer. Elle doit abandonner l'idée.

Anne-Cécile Mailfert, alors présidente d'Osez le féminisme !, apprend les déconvenues de Marie et, pour elle, c'est la déception de trop. Elle ne supporte plus de voir autant d'associations militantes obligées de laisser des femmes battues repartir chez elles, dans l'impossibilité d'ouvrir une nouvelle classe de soutien à des migrantes, amenées à réduire l'offre de soins médicaux proposés gratuitement aux plus défavorisées. Voire contraintes de mettre la clef sous la porte. Uniquement faute de moyen.

C'est assez ! Elle décide d'accélérer la mise en chantier d'un projet qu'elle rumine depuis longtemps. Une fondation dédiée à récolter de l'argent pour le redistribuer à ces organisations féministes qui, par manque de temps, de connaissance ou d'entregent, peinent à financer leurs actions.

Accompagnée de quelques bénévoles aux compétences variées, Anne-Cécile parvient à donner vie à cette fondation, qui ouvre en 2016.

Les premières sommes collectées seront reversées au FIT.

Un an plus tard, l'affaire Weinstein éclate aux États-Unis, et le hashtag *#MeToo*, dénonçant violences et harcèlements, prend une ampleur internationale. Dans la foulée, des actrices hollywoodiennes lancent une levée de fonds en un temps record afin de soutenir les victimes d'abus ou d'agressions sexuelles, Time's Up !

Parce que tout est plus lent en France, Anne-Cécile, qui a suivi notre bataille pour faire connaître l'endométriose, me contacte dans l'idée de reproduire le modèle américain. Cette volonté rejoint la réflexion que nous menons depuis quelque temps avec les réalisatrices Tonie Marshall, Rebecca Zlotowski, Céline Sciamma, mais aussi Bérénice Vincent, présidente du Deuxième Regard, une association qui lutte contre les stéréotypes de genre dans le cinéma. Nous sommes conscientes qu'il faut aller plus loin, mais comment transformer un moment en mouvement ?

À l'instar de Time's Up, nous imaginons un think tank pour encourager la parité, changer la répartition du pouvoir et modifier en profondeur les représentations dans notre industrie, à l'aide de mesures simples et concrètes. Ce sera : 50/50×2020 !

Mais l'urgence est de réunir de l'argent pour aider les victimes et les associations qui les défendent. Les demandes de dépôt de plaintes ont explosé et il faut leur permettre d'intenter des actions en justice, souvent très coûteuses. Le droit est capital dans la lutte contre les violences faites aux femmes, et il requiert des moyens.

Nous décidons donc d'unir nos forces à Anne-Cécile et de lancer une campagne d'appel aux dons. À ses côtés, et entourées par plus d'une centaine de personnalités françaises, nous publions dans *Libération* une tribune qu'elle a rédigée avec ses équipes. Un texte simple, percutant, qui encourage à faire taire polémiques et désaccords pour privilégier la solidarité, à l'heure où la parole des femmes se libère enfin. Ce texte* m'a marquée, c'était exactement le sentiment que j'avais. Nous avions polémiqué, nous n'étions pas toutes d'accord, mais il fallait agir. Parler ne suffit plus. *Maintenant on agit* !

Convaincue, je m'engage aux côtés de la Fondation des Femmes pour poursuivre l'action. Avec Anne-Cécile, nous accrochons immédiatement. Elle est enceinte de 8 mois de son premier enfant et, pendant cette période d'ébullition, nous nous rapprochons. Nous mobilisons, rassemblons, gérons les médias et les photographes. Nous faisons distribuer le ruban blanc (symbole de la lutte contre les violences faites aux femmes) à toute la salle de la cérémonie des César. D'autres campagnes, d'autres actions suivront pour lever des fonds.

Pour tout cela, nous sommes épaulées de près par les bénévoles et les militantes de la Fondation, notamment Floriane Volt, Sarah Becker et Valence Borgia, trois grandes juristes.

---

*Voir le texte à la fin du livre

Je sympathise rapidement avec Valence. Soutien active de la première heure, cette avocate d'affaires a été prépondérante dans l'architecture du jeune organisme, contribuant à y créer une force juridique, en complément du pôle mécénat.

C'est elle que nous retrouvons aujourd'hui, car ses combats mettent en lumière ce problème récurrent auquel les féministes sont confrontées quand elles veulent agir : la reconnaissance de leurs droits… Car ils font le Droit.

Valence Borgia

> « On a bien déblayé le terrain, mais il faut une relève à qui tendre le flambeau. Le combat est une dynamique. Si on arrête, on est foutues. Car les droits des femmes sont toujours en danger. »
>
> Gisèle Halimi

Pas même le temps de s'installer à une table que Valence Borgia, avocate aux barreaux de Paris et de New York, a démarré. Dans la rue et au quart de tour. C'est une femme toujours en mouvement. Tout est très rapide, et tout est en même temps soigneusement réfléchi. Ça semble évident, facile.

Dans un grand sourire sincère et perpétuel.

Avocat, c'est « porter la voix de ». C'est comme ça qu'elle attaque d'emblée. Comme ça qu'elle décrit son métier, comme ça qu'elle le conçoit.

En l'occurrence, sa voix à elle porte loin. Pas du fait d'un volume outrageusement puissant, ni d'inflexions agressives, non. Son timbre se pose, parfaitement modulé, et sa diction précise coule, fluide.

Si Valence parvient à se faire entendre si fort, si haut, c'est par la grâce de ses idées. Des idées qui percutent. Derrière les yeux pers et pétillants de cette quarantenaire dynamique, ça fuse ! Tempête permanente sous un crâne qui contraste avec la détente affichée, disponible sans cesse, et sans effort apparent pour l'autre. Elle a la délicatesse d'essayer constamment de ralentir le rythme pour ne pas nous perdre en cours de route, mais on sent qu'elle a toujours deux ou trois coups d'avance, quatre ou cinq pensées qui se tiennent là, prêtes à jaillir.

Autour d'un boulgour-truc-quelque-chose dévoré avec gourmandise, elle nous raconte son parcours.

Avocate, elle a toujours voulu l'être. Contre l'avis même de ses parents, qui auraient préféré qu'elle fasse de grandes écoles, elle a imposé son choix. Première plaidoirie gagnée, sans pouvoir expliquer l'origine de cette vocation précoce. L'envie de réparer l'injustice, bien sûr. Mais pas que. Il y avait aussi, comme un plaisir de jeu, le désir d'aller au contact de l'autre, d'aller au combat. Pas de façon dramatique et sanglante comme pourrait le suggérer son patronyme aux accents théâtraux, mais en s'appuyant sur des stratégies élaborées avec soin, comme une partie d'échec. Prête à en découdre par le verbe et en douceur.

Et donc forcément... le contentieux.

Jeune, elle est très sensible aux inégalités qui la heurtent, mais la question du féminisme n'est pas celle qui la tracasse alors le plus. Elle est issue d'un milieu où le problème ne se pose pas. Un milieu ouvert large, de gauche. Un milieu où, sans toujours être puissantes, les femmes sont incarnées. Libres officiellement. De plus, elle fait régulièrement la course en tête à l'école, devant la plupart de ses camarades masculins, si bien que la disparité des chances en fonction du sexe n'a pas l'heur de devoir l'inquiéter.

Mais au sortir de l'adolescence, ses parents se séparent et l'évidence d'un tableau trop facile se brouille un peu. Sûrement parce que le retour au célibat est plus ardu pour sa mère, Valence déchante et relativise. Les notions d'égalité et de libre-arbitre, qui semblaient si solides dans sa famille, tiennent difficilement la distance dès lors qu'il y a une disparité de moyens. L'argent est le nerf de la vie contemporaine, et la liberté n'est possible qu'à la condition d'une indépendance financière totale. Pour jouer sur le terrain d'autonomie des hommes, il faut donc gagner la même chose qu'eux, et l'émancipation des femmes doit être d'abord économique.

Ainsi, à l'option contentieux qu'elle a déjà biffée, elle va ajouter les cases « droit des affaires » et « arbitrage international ». Les branches rémunératrices par excellence dans son domaine, et dans lesquelles les femmes sont, à l'époque, très peu à exercer aux plus hauts niveaux.

Bosseuse, bûcheuse, elle boucle des études exemplaires, passe par Rome et New York, et revient trilingue en France où nombre de grands cabinets lui ouvrent leurs portes. Elle opte pour celui de son maître de stage, mais se sent tenue de l'avertir qu'elle et son compagnon attendent leur premier enfant. Va-t-il revoir sa proposition ? Après tout, c'est une jeune active qu'il recrute, pas une mère au foyer. Mais le mentor maintient son offre. Mieux, il lui garantit les congés nécessaires sans pression. Rare, très rare. Valence va vite le mesurer en pénétrant dans l'arène du droit international. La plupart des cabinets sont loin d'être au diapason du sien. Dans ces boîtes qui s'apparentent à des entreprises, deux types d'avocats. D'un côté, les associés qui décident, s'octroient de copieux pourcentages sur les bénéfices, et qu'il est compliqué, sinon impossible, de remercier. De l'autre, les collaborateurs. Ceux-là ne sont même pas protégés par le droit du travail. Soumis à des horaires à rallonge, ils peuvent être remerciés sans motif. Ils sont sur un siège éjectable. En équilibre permanent.

Fait notable, les associés, et donc les chefs, sont pratiquement tous, partout, des hommes. Les femmes qui exercent en cabinet sont, à l'inverse, majoritairement cantonnées au statut de collaboratrices. Pour celles-ci, et quel que soit leur rendement, la maternité est souvent le moment choisi pour mettre fin à leur contrat. Comme un défaut de productivité. Pire : une sorte de maladie grave.

Ces aberrations machistes ulcèrent Valence, peut-être autant que de s'être trouvée elle-même si naïve. Elle qui n'a jamais connu ce cas de figure avec son patron, qui lui a accordé les congés nécessaires pour chacun de ses trois premiers enfants, s'en veut de ne pas avoir imaginé qu'il pouvait en être autrement, d'avoir occulté à ce point le poids des traditions patriarcales dans la profession. Guère encline à se morfondre, ni regarder les trains passer, Valence décide d'agir.

Elle se rend au Laboratoire de l'égalité. Cette toute jeune association, créée en 2010, œuvre pour l'équité professionnelle entre femmes et hommes. Un think tank, au sein duquel des personnes, tous genres confondus, phosphorent ensemble à élaborer des solutions pour un monde du travail enfin paritaire. Réajustement des retraites des femmes par rapport à celles des hommes, congé paternité allongé, « ABCD de l'égalité » à l'école. Autant de propositions regroupées sous la forme d'un pacte, présenté tous les cinq ans à l'ensemble des candidats à la présidentielle, dans l'idée que chacun le ratifie. Bouteille lancée à la mer en vue d'une société plus juste, pour en finir avec les stéréotypes : les femmes pourvoyeuses de soins d'un côté, les hommes pourvoyeurs de revenus de l'autre.

Valence, ça lui parle tout de suite. Les violences économiques, la domination par le salaire, la dépendance forcée au portefeuille du mari, c'est exactement ce qui a motivé son choix en s'attachant au droit des affaires. Que ces dysfonctionnements perdurent dans le métier soi-disant épris de justice qu'elle a choisi lui semble encore plus révoltant. Il va falloir ajuster les curseurs.

Elle se met à fréquenter assidûment le Laboratoire et intègre même le conseil d'administration de l'association. Elle se documente, s'éduque, et rejoint en 2012 le syndicat de l'Union des Jeunes Avocats. Elle interpelle d'emblée son président, lui signifiant que rien n'est entrepris pour l'égalité entre hommes et femmes dans leur corporation.

« C'est vrai, admet-il. Eh bien, viens ! Et fais-le, toi. »

Pas besoin de le lui dire deux fois et elle se lance dans le relevé systématique de tous les barreaux de France. Elle croit dur comme fer aux statistiques, pour objectiver une situation. Les chiffres, les comparaisons, elle se dit que c'est imparable. Elle épluche donc, compulse, mais malgré la somme d'informations récoltées, le calcul est vite fait. Dans tous les barreaux de l'Hexagone, à ce moment-là, uniquement des bâtonniers hommes ; le Conseil national des barreaux, l'instance suprême des avocats, jamais dirigé par une femme ; au barreau de Paris, seulement deux bâtonnières nommées en plus de deux cents ans. Constat sans appel. La jeune juriste établit un rapport visant à mettre en branle des actions pour réformer la profession et, avec d'autres, elle obtient des avancées.

L'interdiction de mettre fin au contrat d'une collaboratrice dans les deux mois qui suivent son retour de congé maternité est actée et un congé paternité de quatre semaines est instauré, avant même que l'État ne légifère dans ce sens pour l'ensemble des salariés.

Mais ce n'est pas assez. Et soit parce qu'elle y prend goût, soit plutôt parce qu'un énorme travail reste à faire, Valence poursuit la lutte par d'autres biais.

L'Union des Jeunes Avocats a mis en place une cellule pour défendre bénévolement les avocats qui débutent en cabinet et qui ont un différend avec leur hiérarchie, SOS Collaborateurs. Sitôt qu'elle en a vent, elle s'engage dans l'équipe et, très vite, se spécialise dans les contentieux de discrimination à raison du sexe. Femmes harcelées ou injustement licenciées par un patron licencieux.

Elle est saisie d'une affaire en particulier : la collaboratrice d'un cabinet important a été renvoyée à la suite d'une grossesse, malgré des états de service irréprochables. Excellente avocate, très grosse « factureuse », et… trop « mère », aussi. Problème, l'omerta quasi endémique à la profession refrène toute velléité d'enquête au sein du cabinet qui permettrait d'établir et de sanctionner les faits. Face à elle, autour d'elle, ça feint, ça ignore, ça méprise. Qu'à cela ne tienne, Valence fait appel au défenseur des droits. Cette autorité administrative récente est nommée par le président de la République, et reste indépendante du gouvernement. Elle intervient pour lutter contre les discriminations et autres iniquités qui entravent les droits d'une personne. Avant cela, dans une affaire de contentieux interne au milieu, pas grand monde n'avait osé une telle démarche. Demander à une instance supérieure de se pencher sur un conflit entre avocats, c'est plutôt gonflé. Cela n'émeut pas maître Borgia, qui poursuit et remporte la partie en des termes qui l'enthousiasment encore aujourd'hui : après la décision du défenseur des droits, l'Ordre s'est finalement saisi du dossier et le patron de la plaignante est condamné à une suspension d'exercice d'une durée de… neuf mois. Pile le temps pour lui d'essayer, à son tour, d'appréhender l'idée d'une grossesse ou, plus raisonnablement, de méditer sur ses agissements. C'est la première décision déontologique de ce type. Une victoire hautement symbolique, certes, mais si les symboles sont cruciaux, Valence sait aussi qu'ils n'ont jamais rempli une assiette, jamais payé un loyer. Et dans ces dossiers, elle se bat aussi pour obtenir la réparation du préjudice économique subi par celles qui sont injustement entravées dans leurs carrières. L'argent reste le nerf de la guerre.

Depuis 2012, deux nouvelles bâtonnières ont été, tour à tour, nommées à Paris, soit autant en dix ans qu'au cours des deux siècles précédents. Valence est élue membre du Conseil de l'Ordre aux côtés de l'une d'entre elles, qui lui confie la rédaction d'un rapport sur le harcèlement et les violences sexuelles dans les cabinets d'avocats. À la suite du vote du nouveau dispositif par le Conseil de l'Ordre, plusieurs poursuites disciplinaires sont ouvertes contre des avocats, conduisant aux premières sanctions de la profession pour ce genre d'agissements. Jusqu'à la radiation.

Ces combats l'amènent à côtoyer d'autres militantes et elle échange avec les membres de l'AVFT, l'Association européenne contre les violences faites aux femmes au travail. Des juristes qui, de son point de vue, intentent des actions modèles du genre. Elles ont aussi bien défendu des employées d'une entreprise de nettoyage sous-traitante de la SNCF harcelées pendant leur service, que des actrices sexuellement agressées dans le cadre de leur métier. Les horreurs faites aux femmes ne s'embarrassent pas de distinction entre classes sociales, et il y a toujours une dérive à dénoncer.

Trente ans après les plaidoiries de Gisèle Halimi, on commence à (ré)agir dans la communauté du droit, on se solidarise. Au point que Valence et ses comparses se prennent à rêver de créer une association pour regrouper leurs compétences juridiques au service de l'ensemble des droits des femmes. Mais en raison d'agendas surchargés pour toutes, et faute de moyens surtout, le projet fait long feu.

La solution va venir d'ailleurs.

D'abord, il y a cette auteure, Anaïs Bourdet, qui sort le livre *Paye ta shnek* (« Paye ta chatte » en argot alsacien) pour faire suite au blog qu'elle a lancé sur le même sujet : le harcèlement de rue. À travers une compilation de témoignages d'agressions verbales subies individuellement par des centaines de femmes, Bourdet vise à retranscrire une expérience collective. Elle demande à Valence de copréfacer son ouvrage pour expliquer ce qui se passe (ou non), juridiquement, quand on se fait traiter de pute dans la rue. Toujours bonne élève, Valence fait des recherches et... tombe des nues. Si depuis 2004 l'injure à raison du sexe est reconnue comme un délit par la loi, absolument aucune peine n'a été prononcée sur ce fondement. Pourtant, concernant les injures à caractère homophobe ou raciste, punies par le même texte, les condamnations sont déjà nombreuses. Mais pour les injures à raison du sexe, et donc essentiellement pour les injures faites par des hommes à des femmes, rien. Zéro. Le vide intersidéral. Alors que c'est sûrement le fait le plus commun. Un fait dramatiquement banalisé.

Au même moment, Anne-Cécile Mailfert est harcelée sur les réseaux sociaux. Et pas qu'un peu, et pas par n'importe qui. En sa qualité de présidente d'Osez le féminisme !, elle a eu le malheur de dénoncer la fresque qui orne la salle de garde du CHU de Clermont-Ferrand. Une fresque réalisée par des médecins, pour des médecins et qui représente une scène aussi dégradante qu'explicite. Sous couvert de s'attaquer à la dernière loi de Marisol Touraine, la ministre de la Santé de l'époque, quatre superhéros violent sauvagement une Wonder Woman immobilisée de force. La scène est crue, gore, dégueulasse. Ce sont des bites énormes qui déversent un flot de sperme sur la victime, et pendant que l'un des agresseurs lui enfonce un bras entier dans le vagin, elle est abreuvée d'insultes.

Les insultes, Anne-Cécile Mailfert en endure à son tour des dizaines via les réseaux sociaux. Le tout assorti de menaces et autres montages porno bricolés à son effigie, aussi sales et dégradants que dénués d'inventivité. On pourrait croire ce déversement ordurier sorti du cerveau d'ados prépubères, mais ce sont en fait des médecins qui l'attaquent, planqués derrière leurs smartphones dernier cri. Des adultes, bardés de diplômes, pères de famille pour certains. Des professeurs ou des internes qui, pour excuser cette fresque de quatre mètres par trois, figurant un viol collectif, invoquent l'esprit carabin, et justifient la violence de leur vindicte par… leur droit à la liberté d'expression.

Ça tombe bien, l'affaire va être traitée par la 17e chambre, spécialiste du genre, notamment attachée au droit de la presse.

« De la très belle justice », estime maître Valence Borgia, qui a été présentée à Anne-Cécile et va, avec d'autres, l'accompagner dans son dépôt de plainte aux côtés d'associations qui se portent également parties civiles. De la justice qui prend son temps pour étudier chaque détail, éprouver chaque propos. En l'occurrence, ceux des médecins sur le banc des prévenus ne sont pas toujours très brillants. Drôle de hiatus : dans cette salle à l'ambiance solennelle, certains d'entre eux confessent, tels des petits garçons pris en faute, que oui, en effet, il est envisageable qu'entre le bain donné à leur enfant et le retour à l'hosto pour une garde de nuit, ils aient pianoté quelques grossièretés sur leur téléphone à l'adresse de Mlle Mailfert. Possible, oui, qu'ils l'aient traitée de « sale cochonne ». Probable qu'ils aient bidouillé une image d'elle, nue, ligotée et sans défense, façon esclave sexuelle. Peut-être bien, c'est une éventualité...

La culpabilité, en réalité, ne fait aucun doute, mais ce que le petit pool d'avocats cherche à obtenir, c'est que les faits soient qualifiés comme « injure à raison du sexe », afin de créer un précédent. Chacun y va de sa plaidoirie et Valence s'attache, elle, à souligner les détournements de langage qui animalisent si communément les femmes dans nos sociétés. On débat, on argumente pendant des heures, et ça vaut le coup : la plaignante et les associations l'emportent. Certains médecins sont condamnés et la jurisprudence est désormais inscrite dans les tribunaux. Plus de dix ans après que le texte de loi a été voté, il est pour la première fois mis en application.

Valence et d'autres avocats vont réitérer quelque temps plus tard.

Ce coup-ci, ce sont des nazillons qui s'en sont pris à une activiste féministe qui aurait « dézingué » l'un de leurs auteurs de BD favoris. Une BD ouvertement nazie, et des planches dans lesquelles des types flanqués d'une croix gammée sur leur crâne rasé « s'occupent » en bastonnant des femmes. Si. Un truc apparemment autorisé à la vente. Valence, ça la laisse pantoise. Heureusement, si ces lecteurs pétris de haine s'en prennent en meute à une vraie femme dans la vraie vie, là au moins il est permis de ne pas laisser faire.

Notre avocate va pouvoir réagir. Nouvelle audience, avec un air de déjà-vu. Si ces types, c'est sûr, sont bien plus agressifs que les médecins du CHU, les scénarios se ressemblent. Ce coup-ci aussi, ceux qui cyberhurlaient par numérique interposé, bravaches et odieux, des « on va venir t'exciser à l'opinel » et autres phrases d'une sauvagerie inouïe, se retrouvent dans le box des accusés, petits, falots, sans gloire et sans voix. Là encore, les défenseurs gagnent le procès, avec en prime une nouvelle jurisprudence qui alourdit la sanction en ajoutant la qualification d'« incitation à la haine à raison du sexe ».

Ces simples décisions, qui s'inquiètent de peser l'importance des images et des mots, peuvent sembler anodines, elles sont en réalité capitales. Parce que cela pose les bases d'une autre société, dans laquelle certaines choses ne seront plus tolérées, plus possibles. Du symbole, oui, mais du symbole qui rayonne et permet d'avancer. L'inconvénient, c'est que c'est long, laborieux, minutieux parfois. D'où le rêve de Valence de créer une force juridique réactive, dédiée à la seule défense des droits des femmes. Pour que le Droit passe. Pas les droits de chaque victime au cas par cas, mais le Droit en général au travers de dossiers stratégiques. Des affaires ciblées et représentatives de certains déséquilibres rémanents. Dans le but de poser des limites.

Anne-Cécile Mailfert est conquise par cette idée qui complète son projet et invite l'avocate à la rejoindre dans la création de la Fondation des Femmes pour y monter une force juridique. C'est ainsi que l'ensemble prend forme en 2016.

Le premier rôle de cette Force juridique est de soutenir les associations qui en ont besoin. Souvent, faute de trésorerie, beaucoup n'ont pas accès à une expertise dédiée, que ce soit pour leur gestion quotidienne ou dans le cadre d'un conflit. Grâce à la mise en place d'un collectif d'avocats bénévoles, la Fondation va épauler ces structures en leur apportant une connaissance poussée des rouages administratifs, des statuts et des lois. Elle pourra également intervenir au pied levé pour les défendre si elles se retrouvent aux prises avec un contentieux.

Ensuite, ce bataillon d'avocats peut se ranger aux côtés d'autres mouvements porteurs de plaidoyers d'intérêt public pour en renforcer le poids. Le projet de loi pour l'encadrement strict du *revenge porn*, ou celui en faveur d'une meilleure prise en compte de l'égalité femmes-hommes à travers le texte « Égalité-Citoyenneté », comptent parmi leurs premières contributions.

Enfin, ce pôle juridique peut intenter des actions de son propre chef, lorsqu'il estime qu'un préjudice moral emblématique est susceptible de toucher une large audience. Une publicité qui donne des femmes une image dégradante ? Une émission télé qui fait le show à coups d'humiliations phallocrates ou banalise les violences sexuelles ? Et la Force juridique intervient. Avec comme arme le Droit, elle va dénoncer ces actes qui cautionnent un monde bancal, un monde où nombre d'hommes s'estiment supérieurs aux femmes et s'arrogent le loisir d'en disposer.

Si les violences sont partout, le Droit l'est aussi. C'est un levier puissant qui permet aussi bien de mettre fin à bon nombre d'exactions que d'alerter l'opinion. Ce levier, elles ont décidé de l'actionner.

Ça marche et, parallèlement, les consciences semblent s'éveiller peu à peu. L'affaire Weinstein et le mouvement #*MeToo* donnent un coup d'accélérateur inattendu aux revendications des féministes et, sous la pression des militantes, le gouvernement français organise un Grenelle des violences faites aux femmes en 2019. Un ensemble de tables rondes qui proposent aux principaux acteurs du débat, ministres, magistrats, victimes, représentants d'associations, d'échanger sur des solutions pour améliorer la situation.

Formidable, mais deux soucis au moins.

Premier gros bémol, cette réunion promettait initialement de se pencher sur toutes les violences faites aux femmes, et se concentre finalement sur les seules violences conjugales. Terribles, infâmes, mais loin d'être les seules à perdurer.

Deuxième déception, si les militantes reconnaissent l'importance du geste, la plupart déplorent l'inefficacité des mesures prises. Trop peu nombreuses, trop faibles et surtout sans les crédits idoines. D'entrée de jeu, le Premier ministre, Édouard Philippe, avertit qu'il ne pourra pas augmenter le budget. Douche froide : pour que les idées soient enfin suivies d'effets, le seul moyen est d'injecter de l'argent. Pour changer. Pour aider à changer.

Cela va de la formation des policiers, de la création de places d'hébergement, jusqu'au soutien au corps médical, en passant par l'appui aux associations, et la rédaction de nouvelles lois. La refonte globale d'un système que les milieux associatifs avaient chiffré à un milliard minimum par an. Le gouvernement, lui, a alloué trois cent soixante millions. Soit à peine une augmentation de deux pour cent par rapport à l'exercice précédent. Soit l'un des plus petits budgets de tous les ministères. Soit une goutte d'eau sur la banquise.

Tout cela a bousculé Valence dans ses croyances, dans sa foi en la Justice, puisque dans ce domaine aussi les réformes tant attendues peinent à être mises en œuvre. Comme d'autres, elle admet que l'intention du Grenelle était louable, mais trouve que le résultat s'apparente à du saupoudrage. On a enfoncé des portes ouvertes, pris quelques mesures timides. Mais quoi ? Quasi aucun progrès selon les analyses statistiques auxquelles l'avocate tient tant. Au contraire, si les plaintes se sont multipliées, les condamnations elles, ont diminué. Pour les seules violences conjugales, l'hécatombe de victimes se poursuit. Et pour cause, les fameux bracelets antirapprochement, gages de sécurité, sont distribués au compte-gouttes, les récidives peu suivies.

De même, elle s'était imaginée que les infractions qu'elle avait maintes fois combattues au sein de sa corporation cesseraient. Que certains patrons ne pourraient plus user en toute impunité de leur pouvoir sur leurs collaboratrices et leurs stagiaires. Or là non plus, les chiffres ne progressent pas, le modèle reste identique. Des associés tout-puissants multiplient encore et toujours les abus, à l'abri du huis clos de leurs cabinets. Depuis les propos sexistes jusqu'à l'agression sexuelle. Sans craindre le cynisme, ni la mauvaise foi, ils reprochent même à celles et ceux qui demandent que cela cesse d'être trop prudes ou des « balances ». Ils continuent de se réfugier derrière des excuses fallacieuses, s'autorisant à embrasser de force une stagiaire au prétexte qu'on est, après tout, « entre adultes consentants », et qu'il est tout de même permis de séduire.

Ça donnerait quoi, questionne-t-elle, si une femme âgée, aux antipodes des fichus canons de beauté, collait au mur un jeune stagiaire pour lui rouler une pelle ? Personne n'imaginerait un seul instant qu'il ait pu consentir.

Alors pourquoi toujours dans un sens et pas dans l'autre ? Pourquoi ça ne change pas ? Que faire ?

La juriste qui fourmille d'idées n'a pas la solution, et son optimisme commence à être un peu froissé au coin des certitudes. Plus loin encore dans les comptes de l'horreur, ça en devient désespérant. Selon les chiffres du gouvernement, au moins 94 000 viols sont perpétrés en France chaque année. Dur à quantifier avec exactitude, mais sûrement 500 000 autres types de violences sur des femmes. Or, seulement 10 % des victimes porteraient plainte, la plupart ayant peur de parler ou n'ayant pas confiance en la justice. Mais même pour celles qui osent, ça ne suit pas. Et d'abord, est-ce même possible ? Chaque cas demande une enquête poussée. Pas juste une confrontation parole contre parole entre la victime et son bourreau, mais d'autres témoignages, à vérifier, à recouper. À titre d'exemple, Marine Turchi a enquêté sur l'affaire Adèle Haenel durant sept mois à temps plein avant de publier ses premiers articles. Les effectifs de police et de justice, déjà à la peine, peuvent-ils soutenir un tel rythme ?

Et même s'il y avait les capacités à faire face à chaque dossier, le travail de la justice est un travail de nuances, de détails, d'oppositions de points de vue. Un travail dont l'aboutissement est la vérité judiciaire, une vérité qui ne coïncide pas nécessairement avec la vérité des faits. Un travail, surtout, de longue haleine, que tout le monde n'est pas prêt à supporter. Même quand elle est bien menée, même quand un coupable est puni, la justice ne peut pas toujours promettre que la victime sera soulagée, réparée.

Alors pour peu que cette justice dysfonctionne…

Ça l'interroge, Valence. Elle doute de plus en plus, mais ne baisse pas les bras et va continuer de s'attaquer aux symboles d'un patriarcat toujours vivace. La Force juridique qu'elle a contribué à mettre en place poursuit dans le même sens, mais sans elle. Dès le départ l'idée était que cette Force soit autonome et indépendante, non tributaire d'une ou deux personnes en particulier.

Depuis quelque temps, Valence tente une nouvelle aventure. Elle s'est associée avec d'autres avocates pour monter un cabinet de contentieux des affaires et d'arbitrage international. Dans un univers résolument masculin, un cabinet composé uniquement de femmes. Il se trouve que le recrutement s'est fait… au mérite. Très vite, elles ont inventé un fonctionnement différent, favorisant l'entraide interne, la solidarité, avec de vrais congés parentaux pour les collaborateurs. Elles ont même lancé un fonds de dotation pour l'égalité et la lutte contre les discriminations, auquel elles reversent 10 % du chiffre d'affaires du cabinet. Cette création empreinte de sororité est peut-être, de son propre aveu, l'acte le plus féministe qu'elle ait jamais réalisé. Tant mieux si très vite le cabinet s'est hissé au plus haut niveau. Et tant pis si la presse spécialisée qui a suivi reste teintée de stéréotypes, la finesse en option. L'une des premières couvertures vantant leur réussite titrait, sous le portrait des quatre associées femmes : « Contrairement à ce que la photo laisse supposer, elles ne détestent pas les hommes. »

Jamais on n'aurait songé à ce type d'accroche pour accompagner les débuts de quatre avocats mâles. Ce trait misogyne d'un journaliste tombe d'autant plus à côté que Valence est tout sauf une militante énervée conspuant les hommes dans leur ensemble. Avec le droit pour outil, elle avance avec raison afin d'améliorer le monde. Son monde à elle est riche et elle n'a pas sacrifié sa vie sur l'autel de la carrière, se contentant de jouer les *working girls*. Un homme, elle en a un, le même depuis les années lycée. Ils vivent toujours dans le même quartier, ont conservé les mêmes habitudes, au fil d'une vie arrimée aux repères, qui contraste avec le bouillonnement de leur métier. Une passion partagée pour la profession d'avocat, et un investissement commun pour défendre les droits des femmes. Souvent ils conduisent ensemble des dossiers contentieux pour la force juridique de la Fondation, dans laquelle son compagnon est impliqué depuis les premiers jours.

Une femme et un homme, parfaitement égaux à chaque instant de leur couple. Fidèles, joyeux, et modernes. Solides, amoureux et nombreux, puisque parents de cinq enfants.

La petite quatrième est arrivée pendant le confinement. Les médecins ont expliqué à Valence que pendant l'accouchement, elle allait devoir conserver le masque, Covid oblige. L'avocate a tiqué. Un masque ? Et contraindre une femme à ahaner des heures sans oxygène, quand les joggeurs étaient autorisés à exhaler leurs miasmes sur un kilomètre autour du pâté de maisons, ou à promener leur chien ? Vraiment ? Elle a ressenti de la colère devant cette brutalité.

Elle a vite découvert qu'elle n'était pas la seule dans ce cas, et qu'un collectif contre les violences obstétricales s'était emparé du dossier. Épaulé par la Force Juridique, Valence comprise, il a saisi le défenseur des droits sur la question. Dans la foulée, une circulaire ministérielle tombait, rappelant aux soignants que le masque ne pouvait en aucun cas être rendu obligatoire pendant l'accouchement.

Une semaine plus tard, Valence a accouché sans masque et sans que personne ose lui dire quoi que ce soit. Dans une grande respiration.

Sur le trottoir, elle nous quitte, en partance vers un autre rendez-vous, rapide évidemment, décontractée toujours, des mots encore plein la bouche, par-dessus son sourire perpétuel.

Avocat, c'est « porter la voix de », disait-elle. Alors pourquoi ne pas porter celle des femmes ? Toutes n'ont pas nécessité à être défendues, mais pour celles qui restent méprisées, bafouées, humiliées, diminuées, pour celles qui ont besoin d'aide, besoin d'être sauvées, la voix d'une avocate de la trempe de Valence Borgia, n'est jamais de trop.

Avec panache s'il se peut, et comme une belle inspiration.

Militante

> « Notre place dans l'humanité [en tant que femmes] ne doit pas être mendiée, mais prise. »
>
> Louise Michel

La cause féministe bénéficie de multiples soutiens. De nombreuses personnes incroyables s'y investissent corps et âme. Les mentalités bougent, aussi bien au niveau de l'opinion publique qu'au sein de certaines instances, policières ou judiciaires, et c'est tant mieux.

Mais, on l'a dit et redit, ce qui manque encore, cruellement, ce sont des moyens.

Il faut de l'argent pour former les magistrats ou les policiers à des situations particulières, il faut de l'argent pour qu'ils puissent agir, il faut de l'argent pour augmenter les places d'accueil dédiées aux victimes, il faut de l'argent pour payer leur défense ou leurs soins, il faut de l'argent pour les médecins, les éducateurs spécialisés, les sages-femmes, les assistantes sociales, les psys, il faut de l'argent pour renforcer, épauler, éduquer.

Il faut de l'argent. Beaucoup d'argent !

Anne-Cécile Mailfert l'a compris depuis longtemps. Avant de croiser la route de Valence et d'autres, elle l'a elle-même éprouvé sur le terrain. En rejoignant le Mouvement du Nid, d'abord, qui vient en aide aux travailleurs du sexe tout en visant l'arrêt de la prostitution, puis en tant que porte-parole d'Osez le féminisme !, association militante et apolitique. À leurs côtés, elle a constaté à quel point le manque d'argent pouvait entraver les actions, empêcher parfois de sauver des vies.

Elle a découvert les difficultés internes à de nombreux mouvements qui, faute d'outils, de connaissances ou de réseaux, peinaient à œuvrer efficacement. Il lui est arrivé d'assister à des mises en concurrence entre plusieurs associations pour une recherche de financement, au point que leurs actions interfèrent les unes avec les autres, au détriment d'une cause commune. Et elle s'est prise à rêver.

Elle a rêvé d'un organisme global qui collecterait des fonds pour tous les autres, tout en assurant pour chacun une permanence d'aide juridique et administrative. Elle a rêvé de dépasser les clivages, et plutôt que viser un projet particulier comme il est de coutume au sein d'une association, elle a voulu les inclure tous et les faire rayonner.

Elle s'est dit qu'il était possible de faire de la philanthropie politique. Possible de changer les choses, les gens et la société. Possible d'agir. Surtout s'il était question d'aider les femmes.

Un rêve, donc. Une idée folle. Une utopie. Et elle a créé la Fondation des Femmes.

C'était en 2016, et depuis, cet organisme d'intérêt général porte patiemment ses fruits.

Au démarrage, cela n'a pas été simple, et les sommes collectées étaient si modiques qu'Anne-Cécile a d'abord déchanté. Et puis l'affaire Weinstein a éclaté et dans son sillage la vague #*MeToo* s'est répandue de par le monde. Une prise de conscience généralisée a pris forme. Enfin.

C'est à cette période-là que nous avons été mises en contact, que nous avons fait connaissance. Nous ne nous sommes plus quittées. Et depuis, je la soutiens comme je peux dans ses combats.

Aujourd'hui, nous allons l'interroger. Lui demander de parler d'elle. Pas son exercice préféré, je le sais, mais comme c'est la fin de l'année pour la Fondation et que, même continuellement sur le front, ses membres ont aussi droit à leur petite fête, l'ambiance est à la détente. À la sororité.

Pudeur oblige, on ne se l'est jamais bien dit, Anne-Cécile et moi, mais elle m'inspire un sentiment de ce genre. À dire vrai, elle m'impressionne. Me touche. Si jeune et si mûre. Si intelligemment investie.

C'est sans doute pour cela que j'ai choisi de me pencher sur le parcours qui l'a conduite à créer la Fondation, plutôt que sur la Fondation elle-même. Je voulais savoir ce qui l'avait amenée à porter si haut cet engagement.

Alors que des guirlandes en crépon s'allument au plafond de ce lieu qu'elle a permis de créer, qu'on fourbit verres et bouteilles, que la musique démarre, entraînante, et que ses deux jeunes enfants, tout excités, crapahutent au milieu de la cour de cette ancienne école devenue un lieu fort et puissant pour les femmes, je l'observe du coin de l'œil.

Son patronyme de Mailfert, qui pourrait signifier « porteuse de cotte de mailles », me fait en effet songer qu'on a ici une guerrière, mais sa décontraction et son humeur joyeuse tempèrent la sensation. Ce n'est pas une armure façon Jeanne d'Arc qu'elle a endossée, mais un léger poli qui invite à penser que tout va bien. Qu'elle est coriace, assurément, mais que l'échange est serein.

En réalité, ça bouillonne là-dessous. Ça fulmine, ça tempête, ça hurle à l'injustice.

D'elle-même, elle entame l'entretien, enjouée. Elle évoque son enfance et ses parents. Elle parle de ses choix, de ses apprentissages et de ses blessures. Et petit à petit transparaissent ses rages.

Comme une résonance à mes propres indignations.

Anne-Cécile Mailfert

> « Naïveté de ma mère, elle croyait que le savoir et un bon métier me prémuniraient contre tout, y compris le pouvoir des hommes. »
>
> Annie Ernaux

Le père d'Anne-Cécile est enseignant-chercheur. Un métier qui consiste pour beaucoup à analyser et réfléchir. C'est un homme de gauche, officiellement ouvert, loin du type retranché derrière la tradition. Un monsieur très impliqué en faveur des réfugiés, et un athée convaincu, ce qui ne l'a pas empêché d'épouser une catholique. Mais même progressiste, hors normes, là, il en a marre.

Bien sûr qu'il est content de voir sa fille mais, chaque fois qu'elle leur rend visite, c'est la même chose, elle instille ses idées d'égalité dans la tête de sa femme et lui, ensuite, se retrouve à repasser ses chemises tout seul. Il veut bien respecter le discours, mais faire évoluer sa propre attitude, quand même pas. Pour être honnête, au début il ne comprenait pas du tout cet engagement. La cause des femmes était quelque peu tombée en désuétude dans les années 80 et il lui semblait qu'il y avait des enjeux plus importants.

Et puis, féministe, ce n'est tout de même pas un métier.

Anne-Cécile s'ingénie régulièrement à le bousculer, prenant l'exemple de ses cinq enfants. « Comment, alors que tu as élevé deux fils et trois filles avec le même amour, tu trouves normal que ce soit systématiquement plus difficile pour nous, les filles ? » Le confronter à son expérience d'homme et de père a participé à lui ouvrir les yeux. Un microchangement de perspective, le curseur légèrement déplacé. Il a fini par en convenir : ce n'est pas normal.

Modifier le regard de son père n'a pas été une mince affaire, alors faire entendre raison aux autres...

À présent, lui est surtout impressionné et ému par les interventions de sa fille à la télévision ou dans les journaux. Fier d'elle, mais surpris devant le calme qu'elle affiche dans les médias. Posée, précise, presque sage d'apparence. L'exact opposé de la gamine qu'il a vue grandir. Une vraie boule d'énergie. Du genre qui ne tient pas en place, tellement rétive à la contrainte qu'aujourd'hui on se précipiterait chez un psy vérifier qu'elle n'est pas hyperactive à tendance impulsive. En fait à l'époque, juste une enfant curieuse. Peut-être pire que tout.

Le premier terrain de jeux d'Anne-Cécile a été la forêt et l'étang, à côté de leur maison, non loin de Nancy. C'est là que les enfants évoluaient ensemble, en milieu péri-urbain. Ni vraiment la ville, ni tout à fait la campagne, mais plus nature que béton. Leur maman, professeure également, ça la rassurait, ayant elle-même grandi en zone rurale. Elle préférait savoir que ses enfants s'autogéraient sans contrainte d'horaire dans les bois alentour, plutôt que de les livrer au danger du bitume et à la folie des villes.

Dans ces parages verdoyants, au cœur de la Lorraine, la petite-fille expérimentait. Tout et tout le temps. Un adulte aurait dit qu'elle était en quête permanente de la nouvelle connerie à inventer, alors qu'elle voulait surtout éprouver le monde par elle-même. Ça allait du saut depuis la cime d'un arbre, en passant par les barrettes en fer dans les prises électriques, jusqu'à la boîte d'allumettes qu'on craque entière pour voir si vraiment ça fait du feu. Elle a frôlé l'électrocution, frisé la noyade, manqué de peu l'empoisonnement.

Un miracle qu'elle s'en soit sortie en un seul morceau, tant elle était intenable. Elle ne cherchait jamais à faire du mal à qui que ce soit. Elle voulait simplement essayer par elle-même. A fortiori quand on lui disait que c'était dangereux ou interdit. Il fallait qu'elle le vérifie.

Ce n'était pas une guerre contre les autres, mais le refus d'obéir aux injonctions, bêtement, sans explication. Une bataille pour se faire sa propre opinion, pour décider seule ce qui était juste ou ce qui ne l'était pas. Chez les Gayet on dit : « Un bon conseil ne vaut pas une mauvaise expérience ! »

Et si on ne naît pas féministe, Anne-Cécile, elle, est arrivée au monde prête à en découdre avec l'autorité et l'arbitraire, quitte à prendre tous les risques, quitte à apprendre par l'erreur. Avide de comprendre.

Y compris à l'école.

Quand elle entre en élémentaire, début 1990, ce qui est toléré à la maison passe difficilement auprès des professeurs. C'est même compliqué. L'élève Mailfert a beau être brillante, ils apprécient moyennement qu'on remette en question leur enseignement. Dès le CP, ses réflexions inopinées suscitent l'ire de sa maîtresse qui, vacharde, promet à la mère d'Anne-Cécile qu'elle fera tout pour que l'insolente termine l'année avec des mauvaises notes. Une vision pour le moins singulière de la pédagogie qui ne perturbe pas la petite outre mesure ; elle poursuivra sa scolarité brillamment, sans jamais s'interdire la repartie.

Par contre, ce qui est dur, ce sont les autres. Bien qu'elle s'évertue déjà à défendre ses camarades, élue déléguée à chaque rentrée : ses rébellions et attitudes étranges finissent par lui attirer toutes sortes d'inimitiés. Et alors que ce fléau n'est pas encore reconnu comme tel dans les cours de récré, Anne-Cécile est régulièrement victime de harcèlement. Parfois, ça s'insinue tout en petitesse et mesquineries, comme ces quelques filles en primaire qui décident que tel jour Anne-Cécile sera leur amie et qu'elles lui diront bonjour, et que tel autre jour, non. D'autres fois, c'est si méchamment unanime que ça en devient lourd à gérer.

C'est le cas en classe de quatrième. Pour beaucoup d'élèves, une année et un âge où ils ne sont plus tout à fait des enfants, mais pas encore des adolescents affirmés. Une période où chacun, chacune cherche à préciser les caractères sexués et genrés qui seront censés le définir aux yeux des autres. C'est aussi l'année scolaire durant laquelle le programme de biologie se résout à délaisser l'accouplement des insectes et la fertilisation des fleurs pour aborder enfin, timidement, la reproduction humaine.

Intéressant, certes, mais… C'est tout ? Rien d'autre ? Anne-Cécile, ça la scie qu'on s'en tienne à ça. Quid de la sexualité à proprement parler ? Du plaisir ? Des différences là-dessus entre hommes et femmes ? Pourquoi est-ce que cela n'est pas enseigné ?

À la fin du laïus de l'intervenant, Anne-Cécile hésite, puis (c'est plus fort qu'elle) elle lève la main pour prendre la parole. Au milieu de tous, debout, à voix haute et claire, elle demande : « Est-ce que les filles peuvent se masturber comme les garçons et est-ce qu'elles peuvent y prendre du plaisir ? »

Il y a un peu de provocation là-dedans, bien sûr, mais aussi un authentique aveu d'ignorance, un désir de connaître ce qu'elle ne maîtrise pas encore. Il y a surtout, en suivant, un long silence. Comme un gros malaise.

Elle a franchi la ligne rouge, bousculé la norme, et plus encore que le prof, les autres élèves ne le supportent pas. Garçons et filles, bloc soudain solidaire. C'est tacitement admis, les mecs ont le droit d'en parler entre eux, d'en ricaner, jusqu'à fanfaronner même sur les prémices de leur virilité, mais pas les demoiselles. Pour les filles, c'est silence radio imposé, même pas un sujet. La réaction unanime sidère Anne-Cécile. Refusant de se dédire, elle insiste auprès de ses amies : « Aucune, vraiment, n'a jamais ne serait-ce que regardé entre ses jambes pour voir comment c'était fait ?

– Non. Jamais. Certainement pas. Jamais. Sûr que non. »

C'est sorti d'une seule voix.

Soufflée par l'hypocrisie, la future militante renchérit une dernière fois : « Eh bien, moi, j'ai déjà essayé. »

Le mal est fait. Et tant pis si, en réalité, elle n'a qu'une vague idée de ce dont elle parle, désormais dans les couloirs, pour tous les autres, y compris ceux qu'elle ne connaît pas, elle sera celle qui se touche. Celle qu'on évite ou qu'on conspue, qu'on insulte, un doigt sur la braguette. Une salope, et c'est tout. Mise au ban, pour avoir voulu savoir, pour avoir osé demander. Et parce qu'elle est une fille.

Un calvaire tel qu'elle doit changer de collège. Pas la première fois et pas la dernière. À force, elle prend le pli. La journée, elle fait bonne figure, serre les dents, mais le soir, dans le refuge de sa chambre, elle s'effondre en larmes. Et elle cogite aussi, beaucoup. Le flot de haine qu'elle a dû affronter a au moins eu le mérite de lui livrer quelques leçons. Cinglantes, mais précieuses. Des indices sur le monde.

Le premier enseignement, c'est qu'il y a de vraies inégalités entre filles et garçons, et la sexualité est au cœur de ce phénomène.

Ensuite, quand on est toute seule pour défendre une parole ou une liberté, c'est très violent et plus difficile. C'est même quasi impossible.

Enfin, questionner c'est contester. Et, en réalité, ce n'est pas accepté.

Constats glaçants qui la pétrifient, mais ne l'empêchent pas d'avancer. Malgré la valse des établissements scolaires, elle enchaîne les bonnes notes et continue de se battre pour les autres. Déléguée des délégués, elle organise des manifestations devant le conseil régional afin d'obtenir la gratuité des livres scolaires pour les plus précaires ou bien entraîne les lycées alentour jusqu'à Metz pour faire barrage à Le Pen, au second tour des présidentielles de 2002. Fédérer pour promouvoir une pensée ou opposer une idée, joyeusement s'il se peut, ça lui correspond complètement. En avant du cortège, elle est là, à sa place. Toujours prête à prendre l'initiative, prompte à dénoncer toutes formes d'iniquités.

La nouveauté, c'est son corps qui change, qui se féminise, et cette découverte dans le regard de l'autre : elle plaît. Et à dire vrai, ça lui plaît de plaire. Au point qu'une fois de plus, elle n'a qu'une envie, expérimenter. Malgré une éducation raisonnable, anxieuse et empesée qui interdit maquillage, tenues courtes et sorties en boîte pour les filles jusqu'à la majorité, Anne-Cécile veut essayer, apprivoiser son pouvoir de séduction.

Encore plus si c'est défendu, elle doit éprouver par elle-même. Ça marche et, naïve, elle s'en amuse au début comme d'un jeu.

Sauf que ce jeu n'est pas égal. Quelques très mauvaises expériences suffisent à l'en convaincre. Qu'une fille regarde les mecs dans les yeux, titille, provoque, enjôle en s'imaginant prendre en charge l'échange amoureux, ça peut même être dangereux. Celle qui s'y essaye rétrograde aussitôt au rang d'allumeuse, et l'autre en face, le garçon, s'octroie soudain tous les droits. Il peut mépriser ou, pire, agresser.

Encore une aberration qu'Anne-Cécile a du mal à encaisser. Ainsi, les filles devraient juste rester souriantes et se taire. Il serait de bon ton qu'elles soient jolies et même bienvenu qu'elles soient charmantes, mais il ne serait pas acceptable qu'elles soient charmeuses. Cantonnées au statut d'objets décoratifs, de saintes, de pures, elles devraient s'efforcer de soigner leur apparence pour le plaisir des hommes, mais pas trop non plus. Sans rien initier surtout, ni tenter d'agir de leur propre chef. Encore moins pour leur plaisir. Évidemment, le garçon qui multiplie les conquêtes est un tombeur, quand celle qui additionne les aventures n'est qu'une fille facile. Qui donc a pu édicter des règles aussi bancales, absurdes et dégradantes ?

La jeune femme n'est pas encore familiarisée avec le concept de patriarcat, pas plus qu'elle ne s'intéresse alors au féminisme, mais elle engrange les informations, et prend bonne note de ce monde déséquilibré, de cette société humaine nourrie d'injustice, dans laquelle une dominance ancestrale ne semble jamais trop loin de s'exercer, prête à surgir. Elle la devine, qui rôde, sans se douter que l'année qui suit, elle va y être confrontée de plein fouet.

À le dire ainsi, ça semble simple. Elle vient de décrocher son bac, elle a dix-huit ans et elle entre en prépa intégrée en fac de droit. L'avenir lui appartient.

Assez vite, elle s'installe avec un garçon. Il est mignon, il a son âge. Il présente bien. En réalité, c'est un mythomane, doublé d'un homme violent. Et avec lui, s'abat sur la vie d'Anne-Cécile la folie. L'enfer.

Le temps d'essayer d'appréhender ce qu'on ne connaît pas, de tenter de réagir et de recouvrer quelques forces pour fuir cette relation toxique, un an s'écoule. Une année durant laquelle le type lui fait vivre la misère. Anne-Cécile en sort exsangue, vidée, détruite. Ses aspirations, son futur et l'existence en général, tout s'écroule.

Jusqu'alors, malgré les embûches, pas grand-chose ne lui avait résisté. Les études semblaient faciles. Apprendre, travailler dur, c'était son truc, elle se sentait prête à tout, et se croyait invincible. La vie, elle allait la bouffer. Mais, à peine sortie de l'adolescence, tous ses rêves viennent d'exploser en plein vol.

C'est la première fois qu'elle est en couple et elle tombe sur un garçon brutal, pervers et retors.

C'est la première fois qu'elle peut choisir ses études, sa voie, qu'elle est indépendante, et elle passe au travers de son année de prépa.

C'est aussi la première fois qu'elle tombe enceinte, et elle va devoir avorter.

La conquérante s'est pris le mur. Sacrée désillusion et dépression dans la foulée pour la jeune femme qui ne pèse plus que trente-deux kilos.

Avec du recul, des années plus tard, elle se dit qu'elle aurait aimé que quelqu'un lui donne des clefs en amont. Une grille de lecture pour apprendre à déceler ces dangers. Elle aurait préféré que ses parents, au lieu de lui interdire maintes et maintes choses au prétexte de la protéger, la renseignent mieux sur la nature humaine. Sur les hommes violents et comment s'en protéger.

Évidemment, elle ne leur en veut pas. C'est même chez eux qu'elle se réfugie. Ils la recueillent, sans trop savoir, sans bien comprendre.

À voir sa fille soudain mutique, prostrée nuit et jour sur le canapé, son père décrète qu'elle fait sur le tard sa crise d'adolescence. Sa mère, plus sagace, sait que la vraie crise a déjà eu lieu il y a longtemps, qu'il se passe autre chose, et s'emploie à ranimer Anne-Cécile.

Une mère ambivalente, contrainte par une éducation traditionnelle et austère, mais portée par une intelligence aiguë et une générosité hors norme. Une mère qui n'a pas ou peu connu la sienne, décédée quand elle avait cinq ans, et qui a été élevée par un père devenu tout pour elle. Un homme pauvre et aimant, mais aussi un catholique fervent qui, le jour où il apprend qu'elle souhaite épouser un homme divorcé, refuse de la conduire à l'autel. Il rompt tout lien avec elle et la répudie.

Depuis, la mère d'Anne-Cécile s'invente en continuité autant qu'en rupture.

C'est cette maman-là, élevée sans modèle féminin, qui trouve le courage de dire à sa fille, alors qu'elle l'a peut-être trop couvée pendant des années : « Va, pars, voyage. C'est ce que tu aimes par-dessus tout. Il faut que tu vives. Sauve-toi loin. »

Pour une fois, Anne-Cécile écoute et accepte le conseil. Elle part, le temps d'un été, pour l'Angleterre.

Là-bas, elle respire à nouveau, regonfle ses poumons, se nourrit de rencontres et revit, en effet. Elle reprend confiance en elle et confiance en les autres. Puis, elle traverse la Manche en sens inverse pour passer le concours de Sciences Po Lille, qu'elle réussit.

Elle y suit un cursus franco-espagnol, et fait ses études à cheval entre deux pays, deux villes : Lille et Salamanque. Dans le Nord, elle se constitue tout un groupe de copines incroyables, un cercle d'amies qui deviendront ses « sœurs », sa « bande de meufs épatantes » qui lui a longtemps fait défaut, comme la révélation d'une sororité possible.

Dans le Sud, côté Castille-et-León, elle se prend de passion pour l'Amérique du Sud. Elle n'en est pas encore à boire du maté au réveil mais, à distance et par procuration, le continent latino-américain devient comme une seconde patrie. Et quand on la regarde bien, un peu de fierté ibérique semble même flotter désormais dans le noir de ses yeux.

En terre ch'timi, elle donne de la voix pour les autres étudiants, aussitôt élue déléguée, puis représentante au conseil d'administration. Son principal combat alors consiste à réformer le concours. Elle voudrait le rendre plus inclusif pour permettre une meilleure égalité des chances. Elle cherche à inventer une formule qui tiendrait compte de la méritocratie, mais avec un système moins sélectif socialement, qui s'ouvrirait davantage aux classes défavorisées. Tout le monde n'est pas convaincu, surtout celui qui défend le camp politique adverse, un certain Gérald Darmanin, et l'entreprise ne sera pas complètement couronnée de succès, mais au moins elle aura essayé. Le plus important pour elle, essayer. C'est comme un élément constitutif de son ADN, quand elle est quelque part, elle doit chercher à transformer les habitudes, les mentalités. Élargir le champ des possibles et remettre en question, si besoin, l'ordre établi, parce que, forcément, on peut toujours faire mieux.

Ce n'est pas un hasard si elle se choisit une spécialité en management de l'innovation sociale. Un cursus visant à penser un monde plus équitable, dont elle sort major. Et même si le domaine est encore balbutiant, elle décroche un poste à Paris, dans une énorme multinationale.

Nouvelle déconvenue. Le job qu'on lui propose coche tous les poncifs d'une société du travail en mal de probité. Outre les tâches stupides et ingrates, et passé le manager sexiste qui lui donne à tout bout de champ du « Mi bonita » méprisant, en lui caressant négligemment les cheveux, ses attributions n'ont rien à voir avec sa formation. Au lieu d'initier des projets au département développement, on lui demande de faire des relations publiques.

Et pour quoi ? Pour masquer les abus de cette énorme boîte, à coups d'effets d'annonce !

On est dans l'agroalimentaire international, et on cherche juste à couvrir les débordements. « Ils ont déversé des pesticides durant des décennies dans des champs en Amérique du Sud, empoisonnant les populations locales ? Certes, mais... Voyez, pour compenser, ils font construire une école dans un village au Costa Rica ! »

Anne-Cécile, écœurée, s'est retrouvée sans le savoir du mauvais côté du manche, la face obscure de tout ce qu'elle a toujours combattu. Alors, elle démissionne. Tant pis pour la carrière, et on verra pour l'argent. Elle s'engage, bénévole, au sein de blueEnergy, une ONG dont la démarche lui parle. L'organisme, monté par des ingénieurs Franco-Américains hyperbrillants, aide les populations au Nicaragua ou en Éthiopie à construire leurs propres éoliennes pour avoir accès à l'énergie et à l'eau potable. Depuis Paris, d'abord, elle monte le bureau français pour l'association. Puis, direction le Nicaragua. L'Amérique latine, enfin.

Elle part sur le continent dont elle rêvait, des idées généreuses d'écologie et de transformations sociales plein sa valise. Elle part heureuse, enthousiaste, sauf que...

Pour la première fois, elle marque ici un silence dans son récit.

Elle hésite, cherche ses mots. Sa voix se fait plus basse, à peine audible. Juste un filet, tenu par ce besoin impérieux malgré tout de raconter, de dire ce qu'elle n'a jamais dit. Libérer la parole.

Sur place, c'est une déflagration. Elle et une autre fille sont agressées. Physiquement et sexuellement. L'autre fille est violée sauvagement sous ses yeux.

L'agresseur sera arrêté, un procès aura lieu et une condamnation lourde sera prononcée, mais pour Anne-Cécile c'est l'horreur. Une seule pensée : « On s'en est sorties, on est vivantes, mais moi j'étais à côté et elle, je n'ai pas pu la sauver. »

Plus rien ne sera comme avant. Marquée au sceau de la terreur. Elle fait mine de s'en sortir, c'est laborieux. Le post-trauma est comme un deuil, beaucoup d'étapes sont nécessaires. Tantôt en ultravigilance, tantôt dans le doute, l'angoisse, la colère surgit à son tour, et la culpabilité s'invite. Un maelström d'émotions.

Le temps que le temps fasse son œuvre, il faut un an à Anne-Cécile pour parvenir à museler sa détresse, et en parler à sa mère sans risquer de la contaminer par sa douleur.

Passé cette prise de parole intime, cette acceptation nécessaire du « dire », reste l'incompréhension. Pourquoi ?

Malgré elle, elle fait le compte des différents affronts qu'elle a subis depuis qu'elle est enfant, des misères auxquelles elle a dû faire face. En additionnant tous les petits pans de sa vie, une mécanique de précision implacable se met en branle, les rouages s'incrémentent les uns avec les autres.

Chaque fois qu'elle a eu un problème, un homme était derrière. C'est vrai pour elle, mais aussi, elle le sait (le réalise), pour ses amies, et pour des millions d'autres.

Cette fille qui a été violée devant ses yeux sans qu'elle puisse rien faire devient soudain toutes les femmes.

Les combats pour l'écologie, pour les plus démunis et pour un monde meilleur ne servent à rien si la moitié de l'humanité en est exclue. Désormais, c'est pour les femmes qu'elle veut se battre.

Elle va apprendre, lire, comprendre et nommer. Le patriarcat, la domination masculine, le sexisme, la misogynie, elle peaufine son lexique de la bêtise humaine, et les questions fusent. Comment aider les femmes ? Lesquelles, et comment ? Quelles sont celles qui souffrent le plus ?

Sans encore maîtriser le sujet du féminisme, sans avoir approfondi ces problématiques, elle s'engage spontanément aux côtés des prostituées, celles qui, selon elle, subissent le pire. Victimes des plus atroces violences, et méprisées par la société. Elles sont celles qu'on feint de ne pas voir, mais que la loi, à l'époque, punit sévèrement. Celles qui sont réduites à la plus infâme des insultes dans les cours de récréation.

Elle rejoint le Mouvement du Nid, et commence des maraudes la nuit auprès des femmes prostituées. Certaines sont encore prises dans des réseaux de traite, parfois elles sont françaises, quelques-unes ne sont pas majeures. Elle croise les clients qui arpentent les trottoirs, sûrs de leur bon droit, excités par la puissance que leur confère leurs quelques billets sur les corps maltraités de ces femmes exploitées. Anne-Cécile se confronte à un degré de barbarie à peine imaginable.

En parallèle de son travail acharné sur le terrain, elle se bagarre avec d'autres pour la loi d'abolition de la prostitution. Les débats sont hargneux et tendus, mais un texte est finalement voté, qui pénalise désormais le client. Le problème n'est pas résolu, loin de là, mais à présent ce ne sont plus les prostituées qui sont stigmatisées par le délit de racolage passif, mais le client qui est enfin pointé du doigt.

Suite à cette première victoire, elle rencontre d'autres militantes et se résout à changer d'associations. Cette violence, elle la prend trop à cœur, l'empathie pour ces femmes qui vivent l'horreur la déborde.

Osez le féminisme ! est une association toute jeune mais résolument ancrée dans son temps et, alors que les réseaux sociaux ne sont pas encore démocratisés, les filles qui l'ont lancée sont parmi les premières à les utiliser pour faire circuler leurs idées. Ces filles sont numériques ! Modernes ! Mieux que ça, elles ont une énergie dingue, elles sont joyeuses, brillantes et libres. Vivantes !

Une clique dans laquelle Anne-Cécile se reconnaît tout de suite. Elle devient porte-parole du mouvement, et se retrouve très vite exposée. Elle découvre les plateaux de télévision, le débat énervé, le bashing, et l'insulte sexiste et publique. Notamment dans l'affaire de la fresque pornographique du CHU de Clermont-Ferrand qu'elle dénonce, s'attirant les foudres de certains médecins. C'est à cette occasion qu'elle rencontre Valence Borgia et à cette époque qu'elle se dit qu'il faut inventer une nouvelle formule.

D'un côté, la cause féministe est devenue sa vie, et elle ne conçoit plus de se vouer à autre chose. Tout son temps est consacré à la défense des femmes. Tables rondes, interviews pour l'association, rédaction de communiqués, aide à une sans-logis et appels au 115, elle boit féministe, dort, mange et pense féministe.

De l'autre côté, elle voit combien il est difficile de mettre tout le monde d'accord, et les limites d'une association. Entre les radicales, les libérales, les anars, les queers, les lesbiennes, toutes ne mettent pas en avant les mêmes priorités. Comment créer un mouvement commun suffisamment puissant pour renverser le patriarcat ?

Elle cherche un peu de distance, plus éloignée du terrain. Plus nuancée surtout, et en même temps plus efficace. Elle a à peine trente ans, plusieurs vies derrière elle, et elle s'épuise à la tâche, souvent pour des avancées très relatives. D'ailleurs, quand elle rencontre celui qui deviendra son compagnon et le père de ses enfants, elle lui balance :

« Tu vois, ma vie c'est comme une éponge et il faut que je la presse jusqu'à ce qu'il ne reste plus une seule goutte. » Un engagement un peu trop suicidaire et une nécessité de s'apaiser. De construire.

Et elle décide de créer une Fondation pour les Femmes.

Aujourd'hui, la Fondation des Femmes existe. Cet organisme que personne n'avait songé concevoir avant est là, et il permet des avancées folles. Avec son propre lieu au centre de Paris : la Cité audacieuse, pour accueillir toutes les associations et organiser des événements.

Cela n'a pas toujours été facile, ce n'est pas encore gagné, mais la moitié de la population de

France, celle de sexe féminin, peut désormais compter sur un centre névralgique qui aide, soutient et finance les multiples associations existantes sur tout le territoire français. Grâce à la Fondation des Femmes, des campagnes d'envergure sont lancées, des projets se concrétisent, et son action fait pression sur les pouvoirs publics. Elle invite la société à admettre que le monde peut être différent.

Que c'est possible. Possible que les femmes ne soient plus violées. Possible qu'elles portent plainte et qu'elles s'en sortent. Possible que l'avortement soit définitivement accepté comme un droit fondamental, et que soit refusée en bloc l'idée même qu'un homme lève la main sur une femme. Possible que la parité devienne une évidence dans chacune des strates de nos vies. Possible que les femmes soient égales aux hommes. Possible que le monde soit plus harmonieux. Ce dont Gisèle Halimi avait rêvé, elles l'ont fait.

Toutefois, le chemin est long, et aujourd'hui son but est que la Fondation soit reconnue d'utilité publique. Cette décision qui appartient à l'État permettrait de lancer d'autres collectes de dons, plus régulières, plus larges, plus pérennes. Une dénomination légale, qui autoriserait à rivaliser avec la Fondation Lejeune, par exemple. Un organisme qui, sous couvert de soutenir la recherche sur la trisomie 21, engrange des sommes considérables pour orchestrer des campagnes antiavortement. Et même, pourquoi pas, arriver au niveau de la SPA qui réunit un budget nettement supérieur pour aider les chiens, les chats et toutes nos amies les bêtes. Un budget dépassant de près de quatorze fois celui alloué pour les femmes.

Une Fondation à part entière.

Faut-il tous ces traumatismes pour faire une militante ? Assurément non.

Faut-il une intolérance à l'injustice, une capacité à remettre en question les leçons assenées arbitrairement ? Faut-il rêver d'un monde équilibré et meilleur pour être féministe ? Sans doute.

Personne n'arrive au monde « militante », pas plus qu'on ne naît féministe, mais il est des valeurs qui peuvent s'inculquer et se transmettre.

Tout le temps de notre échange avec Anne-Cécile, sa fille court autour de nous, insouciante et joyeuse. Un coup elle danse avec son frère, un autre elle s'extasie devant le jeu de bulles de savon géantes que nous venons de lui offrir.

Elle n'est pas encore entrée en maternelle, des débuts de mots se bousculent dans sa bouche, l'enthousiasme est là, énorme, et la pensée est aussi balbutiante qu'ouverte. Un monde à découvrir s'offre à elle. Quel genre de monde sera-t-il ?

Présentement, dans ce monde-ci, c'est son père qui joue avec elle, sans forcer, pour que sa mère puisse prendre le temps de nous parler.

Pour qu'elle puisse s'occuper du sort de milliers d'autres femmes.

Leur fille s'appelle Simone. Allez savoir pourquoi.

Le viol
(comme arme de guerre)

> « Il y a encore beaucoup de travail que nous devons faire pour améliorer les perspectives des femmes et des filles, ici et partout dans le monde. [Mais] il y a des changements qui n'ont rien à voir avec l'adoption de nouvelles lois. En fait, le changement le plus important, c'est de nous changer nous-mêmes. »
>
> Barack Obama

Le féminisme n'est pas exclusivement une affaire de femmes, c'est une affaire d'êtres humains. Un combat pour mieux vivre ensemble, de façon plus juste et plus équitable pour tous. Chacun devrait y avoir sa part. Et si de nombreux hommes ne se sentent pas concernés par ces questions qui touchent leur mère, leur femme, leurs filles et leurs sœurs, certains s'en emparent avec un engagement admirable.

C'est le cas de Yahn Rouquet, gynécologue-obstétricien, qui a créé le Fonds pour la Santé des Femmes, en 2014, avec quelques rares collègues, dont le professeur Jacques Lansac que j'ai eu la chance de rencontrer. Ce fonds, en s'appuyant sur le mécénat d'entreprise, finance des missions d'éducation auprès des populations, ainsi que la formation de professionnels, dans le but de préserver la santé des femmes en France et dans le monde.

En 2015, Yahn m'a proposé de devenir marraine du fonds. Nous étions en pleine création d'Info-Endométriose et ce rapprochement faisait totalement sens. Ensemble, nous avons essayé de convaincre le ministère de l'Éducation nationale de permettre aux gynécologues d'intervenir régulièrement dans les collèges ou les lycées. Les cours sur la sexualité y sont souvent sommaires, et qui de mieux placés que ces spécialistes pour former les jeunes à la contraception, aux maladies sexuellement transmissibles, au tabou des règles ou à l'endométriose ?

C'est donc à ce titre que j'ai été invitée, un an plus tard, au festival Femmes dans la ville, à Cherbourg, pour débattre autour d'un documentaire, *L'Homme qui répare les femmes*, de

Thierry Michel. Un film qui retrace l'action du docteur Denis Mukwege en faveur des habitantes de son pays, la République démocratique du Congo.

Là-bas, du fait d'années de guerres à répétition et d'une course au profit pour s'accaparer les richesses locales, des milliers d'entre elles sont chaque jour victimes de viols et autres atrocités. Le docteur Mukwege s'emploie sans relâche à soigner ces patientes, s'efforçant de hisser ces victimes au rang de survivantes. Dans le même temps, il s'échine à alerter la communauté internationale afin que cette barbarie systématique cesse. Une fois pour toutes.

Mon père m'avait déjà parlé de ce médecin hors norme qu'il respectait infiniment, mais appréhender la réalité au travers des images était une tout autre chose. Ce film a été un tel choc que j'ai proposé à la distributrice qui s'en occupait d'accompagner le documentaire pour en faire la promotion. J'ai sillonné les cinémas de France pendant trois mois.

Deux ans plus tard, j'étais conviée à Angers dans le cadre d'un congrès de gynécologues, pour intervenir au sujet de l'endométriose, et j'ai eu le plaisir et l'honneur d'y faire enfin la connaissance de Denis. Depuis, nous nous suivons, fidèles, et j'ai pu me rendre, il y a peu, dans son hôpital de Panzi. Il était inenvisageable de ne pas l'évoquer ici.

Son combat est connu. Il a été détaillé au cinéma, dans des articles ou des livres, par lui-même ou par d'autres. Son dernier ouvrage, *La Force des femmes*, est à ce titre édifiant. Aussi traumatisant qu'essentiel.

De par son aura et sa notoriété, il a accès à des tribunes internationales. On fait appel à son expertise dans des zones de conflit et il a plusieurs fois été invité à s'exprimer aux Nations unies. Il est impossible d'ignorer les horreurs qu'il révèle, preuves et témoignages à l'appui. Les grands dirigeants de ce monde ne peuvent plus prétendre qu'ils ne savaient pas.

Et pourtant…

Pas grand-chose d'efficace n'est fait pour mettre un terme à ce drame d'une ampleur folle. Les volontés politiques semblent absentes, et tant que cela dure, il est crucial de continuer, et continuer encore, à s'en faire l'écho.

Autre chose, Denis a l'humilité des grands. Au travers de ces différentes interventions, il ne vise qu'à mettre en avant les innombrables victimes qu'il contribue à sauver. Cette modestie constante et cet altruisme l'honorent au plus haut point, mais il me semblait opportun de faire également la lumière sur son parcours, ses débuts et surtout ses choix. Parce qu'il a valeur d'exemple.

Notre entretien se déroule à distance. Ce jour-là, il est à pied d'œuvre dans son hôpital du Sud-Kivu. Comme tous les jours depuis des années.

Fatigué par la journée en salle d'opération, de retour de grippe, il ne se plaint pourtant de rien. Poli, disponible, affable. Pour un peu, il s'excuserait même de la légère toux qui l'embarrasse et scande notre échange.

En visio, à travers la fenêtre de notre petit écran numérique, nous recueillons la parole d'un monsieur immense. Plus grand que nature.

Le féminisme n'est pas exclusivement une affaire de femmes, et si de nombreux hommes ne se sentent pas concernés par ces questions qui touchent l'autre moitié de l'humanité, certains s'en emparent au sacrifice de leur vie.

C'est le cas du docteur Denis Mukwege.

Denis Mukwege

« Mon vagin village vivant humide irrigué.
Ils l'ont envahi. Charcuté puis incendié.
Je n'y touche plus maintenant. Je ne lui rends plus visite. J'habite ailleurs, maintenant.
Je ne sais pas où. »

Eve Ensler

Il a à peine huit ans, vraiment pas vieux, vraiment pas grand encore.

Ce jour-là, il accompagne son père, pasteur, visiter des fidèles, et ils croisent la route d'un gamin malade, que personne ne peut soulager.

Et il ne le supporte pas. Il ne comprend pas que son propre père ne lui administre pas un médicament comme il le fait pour ses frères et sœurs, à la maison.

Son père lui explique qu'il n'y est pas habilité, que ce n'est pas son métier. Son travail consiste à soulager les âmes, pas à guérir les corps. Bouleversé, le jeune enfant décide alors, radical, que plus tard lui s'en chargera. Ils se compléteront ainsi, avec son père, dans l'aide aux plus démunis, et quand l'un priera, l'autre pourra s'occuper des malades. Il ne connaît pas les termes de médecins ou d'infirmiers, mais ce jour-là, petit bonhomme, il promet qu'il deviendra *muganga*, « celui qui soigne » en swahili.

Ce jeune enfant à l'empathie démesurée, à la sensibilité surdéveloppée, s'appelle Denis, et il a bien failli ne jamais voir le jour.

Lui-même ne l'apprendra qu'une fois adulte de la bouche de sa mère, mais le docteur Mukwege, gynécologue-obstétricien, « l'homme qui répare les femmes », prix Nobel de la paix 2018, a en effet manqué de mourir à la naissance.

Ça se passe au Congo belge, vers 1955. Son père est absent et, comme la plupart des femmes à l'époque dans cette région du monde, sa mère accouche chez elle, sans assistance médicale. Il y a juste cette voisine qui vient l'épauler et tranche le cordon ombilical avec une lame de fortune. Mais elle ne sait pas faire, elle n'a pas appris les bons gestes et, très vite, le bébé déclare une infection. En quelques jours la fièvre monte, il cesse de s'alimenter et, c'est sûr, il ne pourra pas survivre si rien n'est fait. Il n'y a que deux dispensaires à des lieues à la ronde, tous les deux catholiques. Le premier refuse d'ouvrir à cette femme et son enfant moribond au prétexte qu'ils sont protestants. Le second finit par céder, sur l'insistance d'une jeune missionnaire suédoise, outrée que personne n'intervienne. In extremis, le nourrisson est pris en charge et soigné.

Toute sa vie, sa mère restera convaincue que son fils a été sauvé pour, à son tour, sauver les autres.

Plus cartésien, Denis pense que la chance et surtout l'intervention d'une poignée de femmes y sont pour beaucoup, mais il y a tout de même ici le fil d'un destin étonnant dans une famille où naissance et mort semblent intimement liées. Ses deux grands-mères ont perdu la vie en accouchant. L'une de sa mère, l'autre de son père.

Ses parents partagent autre chose que le drame de leur naissance. Ils sont atypiques et s'émancipent de traditions séculaires dans leur façon d'éduquer leurs enfants, novateurs sans rien théoriser. Denis a deux sœurs aînées et, au contraire de tous ses copains, sa mère impose que chacun, garçon compris, participe aux tâches du foyer. Quand d'autres enfants passent à la maison, ils n'en reviennent pas de le voir plier lui-même son linge et débarrasser la table, corvées traditionnellement dévolues aux filles. Lui ne comprend pas que tous ses camarades reçoivent des coups de leur père à la moindre occasion. Le sien n'a jamais levé la main sur lui, ce qui ne l'empêche pas de lui vouer un profond respect. Et si, comme tous les petits garçons, il est prêt à défendre sa mère dans la cour d'école quand un autre ose l'insulter, il est déjà différent et développe ce qu'il appellera plus tard une « masculinité positive ». Parce qu'il a eu des parents inspirés.

Des parents qui ne sont pas fortunés, mais à mesure que la congrégation de son père s'étoffe, la famille gagne en confort, et s'agrandit avec l'arrivée de nouveaux frères et sœurs. Le temps que Denis devienne adulte, le Congo colonial de son enfance s'est transformé en Zaïre sous la coupe de Mobutu. Lui ne s'en soucie pas, cramponné à cette promesse formulée à l'âge de huit ans. Il se démène pour entrer à la faculté de médecine, mais dans un pays pris en étau entre dictature et corruption, rien n'est possible pour qui n'a pas les relations. Désabusé, il se résigne à des études d'ingénieur. C'est sa mère, obstinée et infatigable, qui trouve la solution. Elle a déniché une école prête à l'accueillir au Burundi, il va pouvoir partir et commencer sa formation. En ligne de mire, les enfants malades et la pédiatrie.

Et en parallèle, un autre événement va modifier son destin. De retour au pays après un an d'étude, il fait la connaissance d'une jeune femme, elle aussi têtue et décidée. Tout de suite son regard l'a accroché, il l'a sentie différente. Elle s'appelle Madeleine Mapendo, ce qui signifie « aimer » en swahili. Toute une promesse, mais aussi la fille d'un riche marchand, et vu sa propre condition, Denis a peu d'espoir d'obtenir un jour sa main. Il doit patienter un an avant de la revoir.

C'est à l'occasion d'un mariage. Madeleine est demoiselle d'honneur, mais son cavalier lui a fait faux bond et Denis se précipite pour le remplacer. Ils passent la cérémonie, côte à côte, à chuchoter, complices et déjà complémentaires. À la fin de la soirée, tout étonné par sa propre audace, il invite la jeune femme à le suivre au Burundi. Sans hésiter, elle dit oui, avec une spontanéité qui cueille Denis au creux du ventre. Entière, et intraitable dans sa résolution, Madeleine se chargera de convaincre son père d'accepter cette union inhabituelle entre deux classes sociales si différentes.

Depuis, ils ne se sont plus quittés.

Des années d'études plus tard, médecine pour l'un, infirmière pour l'autre, le couple a désormais deux filles, et revient s'installer au

Congo. Denis a été engagé à l'hôpital de Lemera pour terminer son apprentissage.

Dans cette région du Sud-Kivu, le désert sanitaire est intersidéral. Les médecins se comptent sur les doigts d'une seule main, pour une population qui dépasse les cent mille habitants. Le matériel fait souvent défaut, l'électricité est intermittente, les médicaments manquent et la plupart des patients n'ont pas de quoi payer les frais. Le personnel hospitalier doit sans cesse improviser, tenter, innover. Le moindre bout de fil à suture est épargné, certaines opérations se déroulent à la lampe frontale, et les attributions de chacun varient au gré d'un spectre très large. Denis anesthésie lui-même certains patients, il pratique de nombreuses césariennes ainsi que des interventions plus pointues, et se retrouve bombardé directeur intérimaire au bout de trois mois.

C'est une école de médecine et de vie sans concession, âpre et brutale. Mais la misère, il la connaît. Il sait que les gens de son pays sont abandonnés d'un côté, et spoliés de l'autre, loin, très loin des mirages occidentaux. La mortalité infantile, il en était averti, c'est ce qui avait motivé sa vocation. Ce qu'il ne soupçonne pas, ce qui lui éclate comme une bombe au visage, c'est le traitement réservé aux femmes. Et dans ce lieu dédié à la néonatalité où il pensait parfaire sa spécialité de pédiatrie au service des nourrissons, il comprend que les cas les plus désespérés, ce sont les mères.

Trop jeunes, trop abandonnées, trop rien aux yeux des hommes. Ce n'est pas qu'une question de manque d'argent, mais un problème de mentalité. La femme, ici, est portion négligeable, remplaçable et jetable. C'est elle qui travaille le plus dur aux champs, mais elle à qui on interdit systématiquement de toucher aux finances. Souvent battue, facilement désavouée, elle est sous-catégorie. Certaines arrivent à l'hôpital dans un état indescriptible, le corps détruit par un labeur harassant, une grossesse non suivie et des complications multiples. Plusieurs sont mourantes, toutes ne sont pas sauvables. Et jamais un homme n'est présent pour les soutenir ou les accompagner.

Tous les jours, le docteur Mukwege tombe des nues. Lui qui a été élevé par une mère résolument ouverte et moderne, qui a épousé une femme avec qui il forme un couple tout à fait équitable, qui respecte ses sœurs, qui aime ses filles, comment aurait-il pu imaginer que le déséquilibre entre hommes et femmes se révèle criant à ce point ? Cette humanité si définitivement scindée en deux d'un coup de tranchant inique, il ne l'avait pas envisagée. Il est ébranlé dans ses convictions. Il en perd le sommeil et l'appétit, devient ombre lui-même. Ces femmes qu'il voit mourir tous les jours le hantent. Et il finit par prendre une décision radicale.

Il doit changer de spécialité pour devenir gynécologue s'il veut les soulager. Un revirement peu courant, mais Denis n'est plus à ça près. Et puis, aider des mères à accoucher, c'est tenir des bébés dans ses mains et permettre de les sauver eux aussi. Pas si éloigné de son dessein initial.

Il a décroché une bourse et une opportunité s'offre en France, un CHU est prêt à l'accueillir. Il en parle à Madeleine. C'est un choix lourd de conséquences, un vrai pari, car ils ne sont pas riches. Il devra partir seul, sans savoir quand il pourra la faire venir avec leurs filles, ni même si ce sera possible.

Madeleine n'hésite pas une seconde. Pour les autres femmes, il doit y aller.

C'est ainsi que Denis, qui n'a jamais mis les pieds en Europe, descend un jour en gare d'Angers, Maine-et-Loire. Il est certes brillant, déjà expérimenté, mais ce matin-là, dans la brume hexagonale, il est juste un étudiant noir. Un immigré indigent de plus. Et d'emblée, il réalise que, financièrement, il est loin du compte. L'essentiel de ses économies est passé dans le billet d'avion, il a à peine de quoi tenir deux mois, pas d'argent à envoyer au pays, et un choix cornélien s'impose à lui. Il peut postuler comme interne dans les hôpitaux locaux, et ainsi toucher une rémunération suffisante pour vivre et subvenir aux besoins de sa famille, mais dans ce cas, plus aucune latitude pour suivre sa spécialité. Si en revanche il se consacre à la gynécologie, Madeleine devra se débrouiller seule, et aucun espoir qu'elle le retrouve en France avec les filles avant longtemps.

Dès qu'il le peut, il consulte son épouse, au fil de conversations écourtées par le coût des appels longues distances, mais c'est une décision à prendre ensemble, qui les concerne tous les deux. Lui hésite. Il a beau peser chaque jour le pour et le contre, il est au bord de renoncer à son projet. Elle reste intraitable, catégorique. Hors de question qu'il abandonne ses études de gynécologie maintenant qu'il est là-bas. Son but en vaut la peine. Le stoïcisme et l'autorité de Madeleine vont infléchir pour beaucoup son choix, mais comme il arrive souvent dans la vie de Denis, le destin va aussi s'en mêler et trancher. Plus qu'un signe, un événement aussi énorme qu'improbable.

Depuis son arrivée en France, il s'est rendu au supermarché une ou deux fois. Il sait qu'il doit se serrer la ceinture et n'achète que le strict minimum. Ce jour-là, une simple boîte d'œufs. Dans le magasin, il y a des ballons partout, des animations en bout de gondoles. C'est l'anniversaire de la franchise et, pour l'occasion, une tombola est organisée : pour chaque produit acheté, tous les clients ont le droit à un ticket.

Alors, pourquoi pas ? Denis dépose sagement son billet dans l'urne. Ça ne coûte rien.

Quelque temps plus tard, toujours aux prises avec son dilemme, il est contacté par les organisateurs du jeu. Il a gagné ! Et pas n'importe quel prix. Très loin du panier garni, et à des années-lumière de la sempiternelle batterie de casseroles. Il a remporté le gros lot ! Il n'avait plus de quoi tenir, au moment où il s'apprêtait à renoncer à son rêve et soudain, il se retrouve l'heureux propriétaire d'une… voiture.

Un miracle. Ou au moins une lumière, comme Denis aime à l'appeler, car ce véhicule, même modeste, va changer la donne. Grâce à lui, il va pouvoir se déplacer pour des remplacements ponctuels, juste ce qu'il faut, tout en suivant sa formation. Mieux, ses fiches de paye vont lui permettre de postuler pour un appartement ! Et tant pis s'il doit passer par de nombreuses déconvenues dans une France méfiante de l'étranger, avant de dénicher le rare propriétaire qui ne craint pas de louer à un Noir, enfin Madeleine et les filles vont pouvoir le rejoindre, alors qu'il entame sa spécialité.

À Angers, il surprend ses professeurs par son savoir-faire en salle d'opération, lui est fasciné par les moyens disponibles. Un gouffre entre deux continents. Le seul point commun entre la vieille Europe et l'Afrique, c'est l'attitude des femmes face à la maladie. Qu'elles soient sages-femmes, simples accompagnantes ou elles-mêmes alitées, leur capacité de résilience ou de compassion creuse un abîme avec le comportement des hommes. Eux, quand ils sont malades, ils redeviennent des petits enfants qu'il faut veiller, mais quand leur mère, leur femme ou leur fille est souffrante, ils sont en général aux abonnés absents.

Une raison de plus pour retrouver ses patientes au Congo.

Au bout de cinq ans, on a beau proposer à Denis des postes enviables, une carrière en France et un confort bourgeois, c'est dans son pays qu'il a sa place. Là-bas qu'il choisit de retourner. Ici, rien que pour le département maternité du CHU, ils sont une trentaine de médecins, le double d'infirmiers. Dans sa région du Sud-Kivu, grande comme deux fois la Belgique, pas un seul gynécologue. Il sera le premier.

Il revient à Lemera. L'hôpital est isolé, perché dans les lacis d'une chaîne montagneuse, de longues heures de marche sont nécessaires pour l'atteindre. Madeleine et leurs enfants restent à Bukavu, Denis ne les voit qu'un week-end sur deux. Un renoncement difficile, mais en contrepartie il est comblé par son travail auprès des patientes, heureux d'exercer enfin le métier auquel il s'était destiné. À peine arrivé, il passe directeur médical de l'hôpital, il ouvre des lits supplémentaires, fait former des sages-femmes, et la mortalité maternelle commence à baisser dans la région. Une période gratifiante, mais qui sera de courte durée. Moins de cinq ans plus tard, la région va imploser.

Le monde de Denis va percuter l'Histoire. Sa carrière, ses orientations et ses patientes vont se retrouver assujetties à la folie des hommes.

À cette époque, une bonne partie du bassin du Congo est sous tension. C'est le cas du Rwanda, juste de l'autre côté de la frontière. Là-bas, les haines entre Hutus et Tutsis s'exacerbent depuis longtemps, et vont atteindre leur paroxysme en 1994, donnant lieu à l'une des plus grandes tragédies de la fin du XXe siècle. Des Hutus orchestrent le massacre systématique des tutsis. Un million de morts en seulement cent jours. Le pire génocide de cette fin de millénaire.

Lorsque l'armée du Front patriotique rwandais (FPR) menée par un certain Paul Kagame reprend le contrôle du pays, la situation est loin d'être résolue. Plus d'un million de Hutus, miliciens et civils confondus, se précipitent au Congo, dans le

Sud-Kivu, pour s'y réfugier. Ils y sont poursuivis par les soldats tutsis. Sur place, bourreaux et victimes échangent leurs rôles, mais le principe des massacres reste le même, les uns cherchant à exterminer les autres. Les affrontements montent en intensité, les raids sauvages se multiplient, et le Congo se mêle au conflit, à travers deux camps opposés, prémices d'une guerre civile. L'armée du tyran Mobutu soutient les Hutus, alors que les rebelles, menés par Laurent-Désiré Kabila, épaulent les Tutsis.

Rapidement, l'hôpital de Lemera est submergé par l'afflux de patients d'un nouveau genre. Ils n'ont jamais vu ça. Coups de machette, mutilations, lésions par balles, égorgements, sans distinction d'âge ou de sexe. Il devient impossible de tenir la maternité, il faut gérer des blessés de guerre, au cœur de la zone de combat.

Jusqu'au drame, fin 1996. Denis est absent ce jour-là. Il est exceptionnellement parti amener un ami malade à Bukavu pour organiser son rapatriement en Europe. Pendant qu'ils font route vers l'aéroport, l'hôpital est attaqué par une milice locale affiliée aux Tutsis. Une trentaine de patients et trois membres du personnel soignant sont tués, les lieux sont en partie dévastés, et ce qu'il en reste est transformé en camp militaire. La première guerre du Congo vient de débuter.

Denis n'a pas le temps de réfléchir. Ses amis ont été assassinés, ses patients exécutés, et lui-même est menacé de mort. Son bureau à Lemera a été criblé de balles. Ses actions humanistes ne sont pas du goût de tout le monde, et il a de nombreux ennemis. Il doit fuir et, avec sa famille, il parvient à s'échapper au Kenya.

Un an plus tard, Mobutu est défait et Kabila prend le pouvoir au Congo. Craignant de ne pas maîtriser les mercenaires rwandais et ougandais qui l'avaient appuyé dans sa conquête, il leur enjoint de quitter le pays.

Profitant de cette relative accalmie, Denis retourne chez lui avec un projet en tête, bâtir un nouvel hôpital. Ce sera à Panzi, dans le Sud-Kivu. Près de Bukavu et de sa région natale.

Mais les dissensions reprennent très vite. Les Rwandais et les Ougandais, qui ont aidé le nouveau dirigeant à accéder au pouvoir, n'ont pas apprécié de devoir quitter un territoire qu'ils espéraient contrôler. Les combats sont relancés et la deuxième guerre du Congo éclate. Neuf pays africains y prendront part, à travers une trentaine de factions. Une « guerre mondiale africaine » qui s'achèvera officiellement cinq ans plus tard. Dans l'intervalle, Kabila père sera assassiné, et son fils, Joseph Kabila, sera « désigné » président.

Cette seconde escalade dans la violence est insensée. Elle va recourir à de nouveaux moyens, plus monstrueux encore.

Un an à peine après la reprise des hostilités, alors que la construction du futur hôpital de Panzi n'est pas terminée, on y amène en catastrophe une patiente. Elle est dans un état indicible.

Plusieurs soldats l'ont violée et l'un d'eux lui a tiré une balle dans le vagin.

Denis parvient à la sauver et, devant l'acharnement féroce dont témoigne le tableau, il se persuade que c'est le fait de quelque psychopathe. Un acte isolé.

Il va découvrir que c'est loin, très loin d'être le cas.

À dater de ce jour, des dizaines, des centaines de victimes répondant au même schéma sadique vont affluer vers l'hôpital. Toutes violées. Avec des méthodes et dans des proportions dépassant l'entendement.

Ces viols sont pour la plupart collectifs. Plusieurs soldats sur une même femme.

Ces viols sont souvent massifs. Toutes les femmes d'un même village peuvent être agressées en même temps.

Certaines victimes ont plus de quatre-vingts ans, d'autres n'ont même pas deux mois.

Les viols s'accompagnent de mutilations inouïes. Coup de machette dans le vagin, introduction d'un pieu dans l'anus, plastique brûlé ou coup de feu. L'appareil génital est souvent visé.

Il est courant que ces viols soient perpétrés devant les maris, les frères, les enfants. Parfois, les fils eux-mêmes sont forcés par les soldats de s'en prendre aux femmes de leur famille.

Menacés, torturés, le cerveau lavé, nombre de ces garçons sont ensuite enrôlés, pour grossir les rangs de ces armées déshumanisées.

Des gamins dépossédés qui, à leur tour, répètent et reproduisent l'horreur.

Pourquoi cette folie ?

Denis a mis du temps à répondre à cette question, tant la réponse est d'un cynisme effarant.

Ce qui motive les commanditaires de ces barbaries, c'est le profit.

Quel que soit le prétexte que se donnent officiellement les groupes armés pour justifier leurs abominations, libération d'un pays ou épuration ethnique, leur objectif principal est de s'accaparer les richesses d'un pays aux ressources naturelles gigantesques. Car les sols du Congo recèlent à profusion de minerais précieux. De quoi attirer les plus démentes convoitises. Or, diamants, ou encore coltan. Ce métal rare et stratégique, peu connu du grand public, est nécessaire à la fabrication des réacteurs, des missiles, mais aussi essentiel à la confection de nos ordinateurs et de nos smartphones.

Une manne depuis trente ans et un territoire que Denis lui-même compare à « une bijouterie à ciel ouvert ». Pour faire main basse sur ces trésors, les différents groupes armés usent à peu près tous des mêmes méthodes. Ils terrorisent les populations pour les chasser des gisements visés. De manière pensée, réfléchie, organisée. Planifiée.

Le viol des femmes est, dans ce but, utilisé comme une arme de guerre. L'arme ultime.

Nombre de ces victimes ne pourront plus jamais avoir d'enfant. Beaucoup seront incontinentes à vie. La plupart seront rejetées par leur communauté. Toutes seront traumatisées.

La stratégie est clinique.

La population terrifiée se désagrège et se soumet aux mercenaires qui peuvent s'emparer des mines du pays en toute impunité.

Pour produire plus de smartphones.

Denis et ses équipes se sont d'abord attelés pendant des années à recueillir ces femmes.

Ils ont tenté de sauver celles qui pouvaient l'être, essayé de panser leurs blessures, aussi bien physiques que mentales, cherchant à les réparer et à les rendre plus fortes. Malgré les burn-out des équipes médicales, malgré la difficulté pour chacun de faire face à ce cauchemar récurrent, malgré les menaces dont ils faisaient l'objet, et malgré les combats qui continuaient autour.

Et puis un jour, le docteur Mukwege, en enlevant sa charlotte verte et en retirant son masque de chirurgien, s'est rendu compte que la gamine qu'il venait d'opérer était la fille d'une victime qu'il avait soignée des années auparavant. Les deux pour un viol. À une décennie d'écart.

Un cercle vicieux, démoniaque. Sans fin.

Et Denis s'est senti impuissant.

Il a décidé que la communauté internationale devait être alertée et agir.

Il a pu être écouté par les dirigeants du monde occidental, parler aux Nations unies, oui. Même si parfois des membres de son propre gouvernement lui ont intimé l'ordre de se taire, sous peine de représailles.

On lui a décerné des prix prestigieux, des bourses financières ont été attribuées à l'hôpital, c'est vrai. Même si certaines sommes ont parfois été détournées par l'administration de son pays.

On lui a promis beaucoup, mais la situation n'a guère changé. Et si nombre de groupes armés ont été dissous, les anciens soldats se retrouvent livrés à eux-mêmes et continuent de perpétrer leurs exactions, partout dans le pays.

Les viols continuent.

Aujourd'hui, plutôt que de prêcher dans le désert, Denis préfère rester au Congo, auprès de ces femmes.

Il n'est pas seul, bien sûr. Il peut compter aussi bien sur le personnel de l'hôpital, dévoué, que sur ses amis d'ailleurs.

Son collègue, le Belge Guy-Bernard Cadière, précurseur de la chirurgie minimale invasive, capable d'opérer « sans ouvrir le ventre », est souvent à ses côtés.

La dramaturge américaine Eve Ensler s'est investie avec lui pour créer la Cité de la joie. Un refuge rattaché à l'hôpital de Panzi, en même temps qu'une école et un lieu d'échanges pour les rescapées. Un projet qui défend une approche holistique des soins apportés aux femmes violées. Pas seulement physique, mais psychologique et sociale, partant du principe que rien ne sert de rafistoler le corps si l'âme reste en lambeaux.

Dans ce sens, il a l'espoir que la science explore de nouveaux biais, et fasse des progrès pour permettre aux victimes d'être entendues quand personne ne les croit. Parce qu'il sait qu'une femme qu'on viole évite le plus souvent de bouger et « fait la morte », pour ne pas exciter plus son agresseur, et que cet instinct de survie est trop facilement interprété comme un consentement. Parce qu'il sait que le premier geste vital d'une femme qui vient de se faire violer est de se laver, de nettoyer toute cette souillure, quitte à effacer les preuves qui lui seront, ensuite, réclamées. Et il croit possible d'authentifier les assertions des victimes autrement. Par les voies psychiatrique et neuronale, notamment.

Les milliers de femmes violées pendant la Shoah (et qui n'ont pas été prises en compte pendant très longtemps) présentent, des dizaines d'années plus tard, les mêmes traumatismes psychologiques que les patientes de Panzi. Ces chocs sont inscrits à vie dans une carte mentale et il nous faut apprendre à la décoder pour que les victimes soient crues. C'est l'un des domaines de recherche auquel s'applique la Chaire Mukwege, créée à l'initiative de scientifiques belges et dans laquelle Denis est pleinement investi. Le but de cet organisme est de développer les recherches interdisciplinaires sur les violences sexuelles faites aux femmes dans le monde, notamment au cours des conflits.

Un nouveau combat car, malgré l'adversité, Denis continue de croire en l'être humain. Pas seulement parce qu'il a la foi et qu'il est lui-même pasteur, mais parce qu'il sait qu'il peut compter sur les femmes.

En 2012, de retour des États-Unis, il a été victime d'une tentative d'assassinat.

Cinq hommes armés l'attendaient chez lui. Ils ont enfermé ses filles et l'ont braqué avec des armes automatiques. Ils l'ont fait sortir de sa voiture et ils allaient l'abattre...

Il n'a dû sa vie sauve qu'à son gardien qui s'est interposé et a pris le tir mortel à sa place.

De nouveau, pour protéger sa famille, il a préféré fuir son pays. Ce sont les survivantes qui l'ont rappelé.

Depuis une toute petite île, d'abord, sur un lac, au Congo, un groupe de femmes a décidé que ce n'était pas possible. Plus possible. Ce groupe a fait des émules, il s'est densifié, et toutes ces femmes ont commencé à économiser chaque centime de la vente de leurs fruits pour payer le billet de retour de leur médecin. Et elles ont fait cette promesse : tous les jours, quoi qu'il en coûte, plus d'une vingtaine d'entre elles seraient présentes devant l'hôpital pour faire barrage à celui qui tenterait de s'en prendre au docteur Mukwege.

Et Denis est revenu.

Dans le Sud-Kivu, tout le monde, patientes ou collègues, l'appelle « papa ».

Mais même « père » d'une famille nombreuse, lui continue de voir le monde à travers les yeux d'un petit garçon de huit ans. Un petit bonhomme qui rêvait de soigner.

Soixante ans plus tard, il poursuit sa mission. Sans relâche, il s'occupe des femmes, des filles et des mères. De celles qui ne peuvent plus avoir d'enfant parce qu'on les a mutilées, celles qui en ont un qu'elles n'ont pas choisi d'avoir parce qu'on les a violées, ou celles qui risquent de mourir en le mettant au monde parce qu'elles sont seules, abandonnées.

Comme il peut, Madeleine toujours à ses côtés, et leurs cinq grands enfants désormais aux quatre coins du monde, le plus féministe des patriarches continue de réparer les femmes.

En attendant de voir un jour, peut-être, réparer le monde.

L'espoir

« La sororité ! Depuis toujours ! La solidarité ! Quand les femmes comprendront-elles que leur union leur donnerait une force fabuleuse ? Désunies, elles sont vulnérables. Mais, ensemble, elles représentent une force de création extraordinaire. Une force capable de chambouler le monde, sa culture, son organisation, en le rendant plus harmonieux.

Les femmes sont folles de ne pas se faire confiance, et les hommes sont fous de se priver de leur apport. J'attends toujours la grande révolution des mentalités. Et je dis aux femmes trois choses : votre indépendance économique est la clé de votre libération. Ne laissez rien passer dans les gestes, le langage, les situations, qui attente à votre dignité. Ne vous résignez jamais ! »

Gisèle Halimi

Tous les soirs sur scène, pendant deux ans, ces mots de Gisèle Halimi m'ont traversée.

Depuis que les salles de théâtre ont rouvert, nous avons sillonné la France avec ma metteure en scène et partenaire de jeu, Judith Henry, pour faire résonner les voix féminines tirées des entretiens qu'Annick Cojean a réalisés pour le journal *Le Monde*, avant de les compiler dans son ouvrage *« Je ne serais pas arrivée là si... »*

Des portraits de femmes. Autrices, artistes, anthropologues, sociologues, avocates, féministes, militantes pour certaines. Des femmes de toutes origines, toutes conditions, que leur travail ou leur engagement ont conduites sur le devant de la scène. Et alors qu'elles sont devenues connues, reconnues, Annick Cojean s'interroge avec elles sur ce qui a contribué à leur permettre d'arriver... là.

Les réponses et les parcours sont multiples mais de nombreux points communs se dégagent. Toutes ont dû s'imposer face aux hommes pour s'accomplir, et toutes ont souffert de sexisme. De manière personnelle ou au travers des violences subies par leur mère ou par leur sœur, la plupart ont été confrontées à des agressions. Et chacune de ces femmes, que ce soit par l'écriture, le chant, la plaidoirie ou la politique, a œuvré de toutes ses forces pour un monde plus intelligent et plus juste.

Pourtant, aujourd'hui encore, ce monde ne va pas bien, ne va pas mieux. Il reste bancal. Déséquilibré. Inique.

Inégalités de richesses et de chances, racisme, écologie en danger. Mille choses terribles valent qu'on s'y arrête, qu'on s'en alarme. Mais parfois, c'est plus fort que nous, une cause prend le pas sur les autres, et il faut la défendre coûte que coûte.

Pour moi, ce sont les femmes.

Tant que la moitié de l'humanité demeurera cantonnée à jouer les seconds rôles, il me semble que le reste, tout le reste, aura du mal à suivre. Sans compter que la cause des femmes en embrasse beaucoup d'autres.

Le phénomène ne date pas d'hier et il est systémique.

Rien qu'en France, chaque semaine une nouvelle affaire sordide éclate. Le monstre est partout et le drame touche toutes les strates de nos sociétés. Le mouvement #*MeToo* a ouvert la voie à de véritables avancées, c'est indéniable. La parole s'est grandement libérée. C'était nécessaire et c'est tant mieux. Certains gouvernements prennent enfin conscience de l'ampleur du problème, et certaines institutions se décident à mettre en place des règles pour instaurer la parité. Associations et militantes entretiennent le combat vivace, les initiatives se multiplient et font des émules.

Dans le milieu du cinéma, par exemple, le collectif 50/50 a impulsé des progrès considérables en cinq ans. Il a incité les plus grands festivals du monde à signer des chartes pour l'inclusion, et des protocoles sont désormais proposés sur les tournages pour mieux protéger les victimes. Le collectif a lancé des études pour objectiver et décompter la part de femmes dans l'industrie du septième art afin… qu'elles comptent enfin ! Un annuaire des femmes a été créé, pour qu'elles se (re)connaissent, qu'elles s'allient et se mettent, elles aussi, en réseau. Comme les hommes le font « naturellement » depuis des siècles.

En dehors du cinéma, partout, un nouveau champ lexical se propage, empreint de solidarité et d'humanisme. Sororité, inclusion, consentement. Un inventaire aussi ambitieux qu'indispensable.

Malgré ces initiatives, trop de choses peinent encore à évoluer. Les budgets que l'État consacre au sujet restent trop mesurés et les chiffres alarmants. Les victimes sont toujours plus nombreuses. Pire, les reculs effarants s'additionnent. Ailleurs, l'avortement est à nouveau illégal. Ailleurs, des femmes sont muselées, interdites d'étudier, de penser et de s'exprimer. Interdites de vivre. Parfois pour une mèche de cheveux qui dépasse. Ailleurs, comme chez nous, nous sommes bien loin du compte.

La liste des exactions commises est interminable. Excision, prostitution, viol, inceste, mariage forcé, *revenge porn*, aussi bien que main aux fesses, discrimination à l'embauche et écart de salaires en fonction du sexe. Il n'y a pas de podium pour la bêtise et la barbarie, quand chacun de ces faits est communément légitimé par un sentiment de toute-puissance et d'impunité. Par la volonté de domination d'une partie de la population sur une autre, comme un droit suprême et ancestral. Règle tacite de ce qu'on appelle le patriarcat.

Cette quantité infinie d'horreurs faites aux femmes mériterait des pages et des pages, mais ce que je tenais à mettre en lumière ici, en compagnie de Mathieu, ce sont les personnes qui se battent pour que cela cesse.

Je souhaitais interroger la notion d'engagement. Pourquoi certains, certaines s'investissent corps et âme pour défendre les autres, quand beaucoup ne s'en sentent pas capables ou juste pas concernés ?

Quand on le décide, même à un niveau modeste, on peut changer les choses. Aider une seule personne, c'est en aider beaucoup.

Pour ma part, si je m'étais forgé depuis longtemps une conviction intime, mon activisme n'a pu éclore qu'au contact des autres femmes. J'ai été contaminée, littéralement, par les militantes que j'ai rencontrées ces dernières années. Leur énergie, leur enthousiasme impérieux m'ont entraînée à agir à mon tour.

Je leur dois cela, et en même temps je crois que cette nécessité était déjà là, latente, en moi. Ne demandant qu'à être réveillée.

C'est vrai pour moi, c'est vrai pour toutes.

On ne devient pas féministe. On l'est dès la naissance. C'est inné et constitutif, même inconsciemment. La question est plutôt de savoir comment ça se révèle et pourquoi.

L'histoire de nos mères, de nos tantes, de nos grands-mères, de nos aïeules, irrigue en nous. Leurs douleurs, leurs épreuves se transmettent, sans qu'il soit besoin de mots. Avant même que la société nous oblige, nous contraigne et nous impacte, nous les femmes, nous portons cet héritage. Un héritage rarement léger, mais qui est fondateur de notre être.

La plupart des femmes interrogées par Annick Cojean, dans le cadre de ses entretiens « *Je ne serais pas arrivée là si...* », témoignent d'ailleurs de l'influence majeure que leur mère a exercé sur leur parcours.

Ma mère à moi, c'est ma force. Nous sommes très proches. On se dit tout. Elle est ma confidente, je suis sa meilleure amie.

Si j'ai pu prétendre toutes ces années à être une femme libre, c'est grâce à son soutien sans faille. Grâce à son exemplarité. Grâce à cet amour. Indéfectible et inconditionnel. Calme, lumineux et constant.

Mais un jour, j'ai été saisie.

Nous marchions toutes les deux dans la rue, lorsque, comme surgie de nulle part, elle m'a juste dit : « Il est mort. »

Rien d'autre que cette phrase-là.

Elle ne m'en avait jamais parlé, mais j'ai su exactement (aussitôt !) de quoi il s'agissait.

Elle avait été victime de violence. Elle aussi.

J'étais soufflée. Soufflée de réaliser qu'au plus profond de moi je le savais, et soufflée qu'elle l'admette, même à demi-mot.

Soulagée aussi. Par son aveu, par sa confiance et par l'idée que son fardeau s'allège.

J'ai juste répondu, comme une évidence, comme si elle venait de m'annoncer la chose la plus banale du monde : « C'est bien. C'est une bonne nouvelle. »

Je lui ai pris le bras et nous avons continué de marcher, sans rien dire, cramponnées l'une à l'autre.

Elle avait gagné. Elle, elle était là. Vivante. Heureuse. Entourée, par une famille nombreuse et soudée. Elle était aimée et elle avait réussi à passer au-dessus de tout cela. À tourner la page.

De façon très intime, je pense que le moteur de mon engagement auprès des autres femmes puise sa source à cet endroit précis.

Et je comprends désormais pourquoi mes frères étaient si inquiets pour moi durant toute mon adolescence. Si moi je savais, alors qu'on ne nous l'avait jamais formulé, eux aussi devaient se douter. Les non-dits dans les familles transpirent, imprègnent et infectent ceux à qui on veut les cacher. Hommes et femmes. On se transmet ces traumatismes. Les violences faites aux femmes passent de génération en génération, elles aussi. Et mes frères, quand ils posaient leurs regards de jeunes hommes sur la jeune femme que j'étais alors, cherchaient simplement à me protéger. Pour empêcher que la violence se reproduise.

Nous devons tous agir dans ce sens.

Les violences faites aux femmes sont des violences faites aux hommes puisque nos mémoires sont liées. C'est une violence faite à la société. Il faut arrêter cette propagation. Casser cet engrenage, mettre un terme à ce cauchemar collectif.

C'est ce que les personnes que nous avons rencontrées pour ce livre font, jour après jour. Chacune à sa manière, mais toutes avec une foi indéfectible.

Leurs batailles, leurs actions font furieusement sens en moi.

Toutes je les comprends, et toutes je les admire.

Lunise et son opiniâtreté à faire taire la douleur, et le silence autour de la douleur. Son combat pour que l'endométriose qui affecte tant de femmes soit enfin connue et soignée. Que le tabou des règles cesse.

Gwen, qui sacrifie son temps et prend des risques inouïs pour sauver la vie de femmes menacées de coups, de mort.

Georgette, qui a eu la force de dépasser son statut de victime pour en aider d'autres, afin que les violences conjugales disparaissent, en milieu rural notamment.

Marie, qui a su ouvrir si large ses bras pour offrir plus qu'un foyer, un avenir et des rêves à celles dont personne ne voulait.

Valence, qui sait que le droit est une arme et que de grandes victoires peuvent être remportées grâce aux mots, au savoir et à l'intelligence.

Anne-Cécile, brillante, généreuse et visionnaire, qui a eu l'audace d'inventer une Fondation pour les femmes, pour rivaliser avec les hommes sur leur terrain de pouvoir et d'argent, tout en apportant un socle solidaire et solide aux multiples associations souvent exsangues.

Denis qui, sans jamais se plaindre, continue de mettre sa vie en danger pour rassembler, réparer, informer, bousculer son pays et le monde. Modifier le comportement des hommes et transfigurer les perspectives des femmes. Denis dont l'approche holistique des violences faites aux femmes, passées, présentes et futures, physiques ou psychologiques, est aussi innovante que débordante d'empathie.

Toutes ces personnes ont cette qualité suprême que l'on prêtait jadis aux chevaliers, comme étant la plus noble : elles sont désintéressées. Elles n'aident les autres, les femmes, que parce qu'il ne serait pas normal de ne pas les aider.

Je suis fière d'œuvrer, comme je peux, aux côtés de chacune d'elles. Et nous devrions tous en faire autant. Parce que c'est normal.

Aucune femme n'est seule. Aucune femme ne devrait être seule. Ensemble, on est plus fortes. Pas juste une évidence, une nécessité.

Elles sont une poignée dans ce livre, en réalité des milliers.

Nous sommes une chaîne invisible et immense. Il suffit de raccrocher les maillons.

Et nous ne sommes pas que des femmes. De nombreux hommes sont là pour nous accompagner. Le féminisme n'est pas un combat contre eux. Être féministe, ce n'est pas haïr les hommes. Au contraire, ils doivent y avoir leur part. Il faut continuer de les aimer et nous avons besoin d'eux.

Il ne faut pas les exclure de ce rêve partagé. Un rêve simple, de bon sens.

L'idée qu'on ne fasse pas de mal à nos filles. Que nos sœurs ne soient pas considérées comme inférieures. Que nos mères ne soient pas humiliées. Ni nos femmes violées. Ni nos voisines tuées.

Que, même merveilleusement différents, nous puissions prétendre aux mêmes droits.

Et s'il n'est pas toujours facile d'agir, qu'on ne s'en sent pas le courage ou les moyens, il faut tout de même essayer.

Parce que le féminisme, c'est une lutte pour une humanité à l'équilibre.

Nous en sommes tous responsables et tous capables de changer.

Les autres et nous-mêmes pour commencer.

J'ai deux garçons. Deux grands fils.

Ils sont sensibles à ces sujets, forcément.

Éduquer un enfant, c'est révolutionner le monde. J'en suis convaincue.

Mais je me suis rendu compte au quotidien combien la tâche était difficile. J'ai essayé, je leur ai appris à respecter les femmes, je les ai obligés à prendre des cours de cuisine, à repasser, à être indépendants, alors qu'ils étaient encore ados, pas tout à fait adultes.

C'est peut-être dérisoire, parce que la société infuse lentement et que je vois certains schémas se reproduire.

Eux aussi portent le passé.

Le patriarcat leur impose ce monde bancal. Désaxé.

Mais j'ai cru, je crois, qu'en accompagnant nos enfants, il est possible de viser un monde moins pire, un monde recentré.

Et cette pensée, soufflée par Gloria Steinem, m'est venue, lumineuse :

« Après tout, espérer, c'est aussi une façon d'organiser l'avenir. »

On a subi. Quels que soient nos lieux de vie, nos métiers, nos origines, nous avons subi ou en avons été les témoins de sexisme ou de violences.
On a enduré. Nous sommes passées outre. Nous avons essayé de faire comme si de rien n'était. Nous avons ravalé notre indignation pour avancer.
On s'est tu. Souvent, nous n'avons rien dit. Par crainte. Par habitude. Pour oublier. Ou parce que nous espérions être l'exception plutôt que la règle.
On a crié. Alors que certaines parlaient depuis longtemps sans être entendues, il y a quelques mois, des actrices ont percé le mur du silence.
On a balancé. Elles ont ouvert la voie. À travers le monde, des millions de femmes leur ont fait écho. Grâce aux réseaux sociaux, elles ont mis en commun leur vécu.
On a dénoncé. De nombreuses femmes ont alors pour la première fois trouvé le courage de porter plainte.
On a rassemblé. Parce que nous sommes convaincues que demain ne doit pas ressembler à hier ou à aujourd'hui.
On a polémiqué. Nous vivons toutes le sexisme mais nous ne sommes pas toutes d'accord sur la façon d'y répondre. Parce que nous ne vivons pas les agressions de la même manière.
Maintenant on agit. Nous sommes différentes mais avons une même envie d'agir. Nous voulons créer un

présent plus doux pour celles qui souffrent aujourd'hui, et un avenir apaisé pour nos filles et nos fils. Les femmes victimes de violence méritent que les associations qui les accompagnent aient les moyens de le faire dignement. Nous sommes inquiètes : mal accompagnées, les femmes sont vulnérables face à la justice. Il est temps d'agir. Ensemble, soutenons celles et ceux qui œuvrent concrètement pour qu'aucune n'ait plus jamais à dire #MeToo.

Associations

39 19 (numéro gratuit et anonyme)
www.solidaritefemmes.org
Ligne d'appel destinée aux femmes victimes de violences, en particulier conjugales. Elle est accessible 24 heures sur 24, 7 jours sur 7.
Elle est gérée par la Fédération nationale Solidarité Femmes (FNSF), qui rassemble près de 80 associations réparties sur le territoire et qui gère des centres d'hébergement d'urgence et d'insertion, vers lesquels elle peut orienter les victimes.
En cas d'urgence, contactez les forces de l'ordre au 17 ou envoyer un SMS au 114.

COLLECTIF FEMINISTE CONTRE LE VIOL
0 800 05 95 95 (numéro gratuit et anonyme)
Numéro destiné aux femmes victimes de viol ou d'agression sexuelle, à leur entourage, aux professionnel.le.s : écoute, soutien, information, accompagnement, et aide pour faire valoir ses droits.
Ouvert du lundi au vendredi de 10 h à 19h.
cfcv.asso.fr
Pour signaler un.e enfant en danger, appelez le 119.
Le Ministère de l'Intérieur a également mis en place une plateforme en ligne de tchat afin de signaler des violences sexistes et sexuelles en vue d'être orienté.e.s vers un rendez-vous pour déposer plainte. Il est anonyme et gratuit et disponible 24h/24 et 7j/7 : service-public.fr/cmi

01 40 47 06 06
Écoute, orientation et accompagnement social, juridique, psychologique et administratif pour les femmes handicapées victimes de violences et de maltraitances.
Une adresse e-mail est réservée aux femmes avec une déficience auditive : ecoute@fdfa.fr

Ouvert les lundis de 10 h à 13 h et de 14 h à 17 h et les jeudis de 10 h à 13 h.

Tchat anonyme, sécurisé, gratuit, à destination de toutes les personnes qui se posent des questions sur le couple, et les violences. Ouvert du lundi au samedi de 10 h à 21 h.
commentonsaime.fr

L'AVFT Information, conseils et soutien dans la durée, essentiellement juridiques pour les personnes victimes de violences sexistes et sexuelles dans le cadre du travail. Accueil téléphonique : les lundis de 14 h à 17 h et les mardis et vendredis de 9 h à 12 h . Accueil par mail en continu.
01 45 85 24 24
contact@avft.org
avft.org

LA FONDATION DES FEMMES
Un soutien Juridique, matériel mais aussi financier aux initiatives associatives à fort impact, sur tout le territoire grâce à vos dons.
9 Rue de Vaugirard 75006 Paris
fondationdesfemmes.org
bonjour@fondationdesfemmes.org

INFO-ENDOMETRIOSE
L'association qui libère les paroles, les créativités et les initiatives pour progresser sur l'Endométriose.
info-endometriose.fr

RESONANTES
Une Application créée par l'association Résonantes, à télécharger sur smartphone, destinée aux victimes et aux témoins de violences sexistes ou sexuelles. Permet de contacter rapidement proches, secours, et les associations adaptées.
app-elles.fr

Il existe 98 CIDFF répartis sur l'ensemble du territoire français. Permanences d'information, orientation, accompagnement, notamment juridique, des femmes victimes de violences.
fncidff.info/

Le Collectif 50/50 œuvre à la parité, l'égalité et la diversité dans le cinéma et l'audiovisuel. Structuré comme un action tank, il élabore des études, développe des actions, crée des outils et propose des mesures incitatives aux pouvoirs publics et aux différents acteurs du secteur pour accélérer le changement.
collectif5050.com

SOS VIOLENCE CONJUGALES EN CORREZE
Membre de la Fédération Nationale Solidarité Femmes. Propose une écoute téléphonique et un accompagnement individuel. Tél : 05 55 88 20 02 du lundi au vendredi 9 h-12 h / 14 h-18 h
par mail : sosviolencesfemmes@gmail.com

INFORM'ELLES
Sans rendez-vous offre un accueil de jour le Lundi, jeudi et vendredi de 10 h à 16 h. Pl Albert Faucher 19000 TULLE Tél : 05 55 21 92 47

Cet ouvrage a été composé
par PCA
et achevé d'imprimer en mars 2023
par Firmin Didot, Le Mesnil-sur-l'Estrée (27)
pour le compte des Éditions Stock
21, rue du Montparnasse, 75006 Paris

PAPIER À BASE DE
FIBRES CERTIFIÉES

Stock s'engage pour
l'environnement en réduisant
l'empreinte carbone de ses livres.
Celle de cet exemplaire est de :
450 g éq. CO_2
Rendez-vous sur
www.editions-stock-durable.fr

Imprimé en France

Dépôt légal : mars 2023
N° d'édition : 01 – N° d'impression : 173696
62-53-9417/8